U0084280

古典文獻研究輯刊

八編

潘美月・杜潔祥 主編

第14冊

《曲江集》校釋與評論（上）

徐華中 著

國家圖書館出版品預行編目資料

《曲江集》校釋與評論(上)／徐華中 著—初版—台北縣永和市：
花木蘭文化出版社，2009〔民98〕

序 2+ 目 8+150 面；19×26 公分
(古典文獻研究輯刊 八編；第14冊)

ISBN：978-986-6657-66-5（精裝）
1. 中國詩 2. 詩評
851.4414 97012759

ISBN - 978-986-6657-66-5

9 789866 657665

古典文獻研究輯刊
八 編 第十四冊 ISBN：978-986-6657-66-5

《曲江集》校釋與評論（上）

作　者 徐華中
主　編 潘美月 杜潔祥
總編輯 杜潔祥
企劃出版 北京大學文化資源研究中心
出　版 花木蘭文化出版社
發行所 花木蘭文化出版社
發行人 高小娟
聯絡地址 台北縣永和市中正路五九五號七樓之三
電話：02-2923-1455／傳真：02-2923-1452
網　址 http://www.huamulan.tw 信箱 sut81518@ms59.hinet.net
印　刷 普羅文化出版廣告事業
初　版 2009年3月
定　價 八編20冊（精裝）新台幣31,000元

《曲江集》校釋與評論（上）

徐華中　著

作者簡介

徐華中，祖籍浙江松陽，出生於臺灣屏東市。現任國立勤益科技大學專任副教授。主要研究領域在古代文論、詩學、現代文學、書法。出版專著有：《何焯詩評之研究》、《初唐詩學論集》等。並編著《現代小說精讀》、《應用文》、《大專國文選》等大學教材，已發表單篇學術論文〈傅山的評點學〉等十幾篇。

提　要

本書據《曲江集》，專論初唐詩人張九齡之全部詩作。研究方法先就文本之校正，歷覽今存各版本《曲江集》之正誤，師仿乾嘉考證之功，必欲窮究曲江詩文本之原貌，所參校各本，皆今存可見之《曲江集》善本。

其次，注解《曲江集》各首詩，依「事義兼釋」之注疏學，理解曲江詩之微意奧旨，體驗曲江詩之志趣襟抱。

最後，總括曲江詩之綜合體貌，析論曲江詩之技巧、主題、設色，與評論，務期全方位探索曲江詩風，寄懷性靈感受。

本書末附《曲江集》詩作繫年，畧考曲江詩「知人論世」之意，其有未審，但云闕疑，不強作解，又輯錄各家集評，詩無達詁，見仁見智，當有助於曲江詩之說解。書末附列本書參考書目，及曲江詩研究專著與論文期刊，全部研究成果收至二〇〇七年為止。

目次

下 冊

自　序

詩以道性情，詩以表人心，自髫齡學詩以來，每奉此先輩諄諄之教，黽勉自學，克己省思，大學時期，最喜唐詩，偶爾亦翻檢《詩韻集成》，練習平仄，學學湊句，研究所讀書期間，更加用力於詩學，手抱《唐詩類編》，嘗試唐詩體式與題材分類，又參酌《唐詩品彙》，注意唐詩四期之分，以及詩法詩學的理論，自覺平素生活之中，儼然無不爲詩。

及至詩學積累稍久後，始悟清儒章學誠的名言，謂學問不可傳授，又謂功力不等於學問，然則詩道無它，亦惟性情而矣，本乎此，在全唐詩人中，心企曲江其人品格、及其詩作，自謂貼己親近，邇乃研求考訂，鑽之愈深，但問能共感會通而已，想像這位起步於初唐，成名於盛唐的關鍵詩人，如何具備「走丸之辯」，如何表現「張公口案」，被唐玄宗譽之爲「文場元帥」的性靈體貌，乃不期然冒生心嚮往之情，於是搦筆小論，以述心聲。

積稿有年，遂刊此集，全書大抵循乎二途，其一知識詮別，其二性靈感受，希望讀詩研詩之體驗，漫漫長流，爲自己留下沙痕鷗跡，追步古人之志，期許不負章學誠法外傳心的戒訓，是爲序。

凡　例

一、本書通校今存《曲江集》全書二二五首詩。每首分「校正」與「註釋」二目。校正單校本文，依四校法校之，曰：本校、它校、理校、對校。註釋但釋語詞典故、事類，與辭義。故曰：《曲江集》校釋。其有未盡，另加箋識，乃引相關資料旁證，表而識之。

二、本書校正底本據明代弘治年間銅活字刊本《唐五十家詩集》所收《張九齡集》六卷。對校本據臺灣商務印書館《四部叢刊》所收明翻刻成化九年詔州刊本《曲江集》。

三、本書校正，另據其它參校版本如次：

（一）明翻刻成化九年韶州刊本（簡稱成化本）。

（二）據祠堂本校刊《四部備要》（簡稱祠堂本），中華書局。

（三）明嘉靖十五年湛若水刊本（簡稱嘉靖本）。

（四）明嘉靖間刊本《唐百家詩》（簡稱嘉靖本）。

（五）明萬曆十二年曲江縣刊四十一年李大修補本（簡稱李補本）。

（六）明刊白口十一行本（簡稱白口本）。

（七）明嘉靖乙巳二十四年南雄知府李而進重刊本（簡稱南雄本）。

（八）《四庫全書・曲江集》（簡稱四庫本）。

（九）《全唐詩》。

（十）《全唐詩稿本》。

（十一）《文苑英華》（簡稱英華本）。

（十二）《唐詩紀事》。

（十三）《唐人選唐詩》。

第一章　《曲江集》校釋

一、奉和聖製南郊禮畢酺宴

配天昭聖業，率土慶輝光。春發三條路，酺開百戲場。流恩均庶品，縱觀聚康莊。妙舞來平樂，新聲出建章。分曹日抱戴，赴節鳳歸昌。幸奏承雲樂，同晞湛露陽。氣和皆有感，澤厚自無疆。飽德君臣醉，連歌奉柏梁。

【校】

1. 澤厚自無疆：白口本作「無彊」。案：「彊」爲甲骨文，「彊」古以此通疆界之「疆」。無疆者，無盡也。
2. 柏梁：嘉靖本作「柩梁」。案：宜作「柏」。柏梁者：漢武帝作柏梁臺，召群臣二千石，有能爲七言詩乃得上座。

【註釋】

〔1〕南郊：《禮・月令》：「立夏之日天子親率三公九卿大夫以迎夏於南郊」《漢書・郊祀志》：「易曰：『分陰分陽，迭用柔剛以日冬至使有司奉祀南。』」

〔2〕酺宴：天子賜臣民會飲也。《說文》：「王德布大飲酒也。」《史記・秦始皇紀》：「天下大酺。」

〔3〕配天：謂祭天而以先祖配之。《詩・周頌・思文》：「思文后稷，克配彼天。」陳奐《詩毛氏傳疏》：「禘、郊、祖、宗四者皆天子配天之祭。」

〔4〕三條路：《後漢書・班固傳》：「披三條之廣路，立十二之通門。」注：「周禮國方九里，帝三門，每門爲大路，故曰三條。」

〔5〕百戲：眾雜伎之稱。《事物紀原・博奕嬉戲部・百戲》：「漢元帝纂要曰：『百

戲起於秦漢曼衍之戲，後乃有高絙呑刀履火尋橦等也。』」《後漢書・安帝紀》：「乙酉罷魚龍曼延百戲。」

〔6〕新聲：新作之歌曲也。《漢書・李延年傳》：「延年善歌爲新變聲，是時上方興天地諸祠，欲造樂，令司馬相如等作詩頌，延年輒承意弦歌所造詩爲之新聲曲。」

〔7〕建章：漢宮殿名。《漢書・武帝紀》：「太初元年，柏梁臺災，起建章宮。」

〔8〕分曹日抱戴：《後漢書・百官志》：「成武初置尙書四人，分四曹。」《孝經援神契》：「抱戴，注：抱，守也；戴，在上曰戴。」

〔9〕鳳歸昌：《說苑・辨物》：「集鳴曰歸昌。」張協〈七命〉：「采奇律於歸昌。」

〔10〕承雲樂：《列子・周穆王》：「奏承雲，六瑩九韶，晨露以樂之。」注：「承雲，黃帝樂。」

〔11〕湛露：厚露也。《詩・小雅・湛露》：「湛湛露斯，匪陽不晞。」

〔12〕連歌奉柏梁：君臣酺宴唱和之盛。《古文苑》：「漢武帝元封三年，作柏梁臺，召群臣二千石，有能爲七言詩乃得上座。」

二、奉和聖製早渡蒲津關

魏武中流處，軒皇問道迴。長堤春樹發，高掌曙雲開。龍負王舟渡，人占仙氣來。河津會日月，天仗役風雷。東顧重關盡，西馳萬國陪。遠聞股肱郡，元首詠康哉。

【校】

1. 詩題：嘉靖本作「奉和聖製早渡蒲關」。《英華》本作「奉和早渡蒲津關應制」。案：唐玄宗有〈早渡蒲關〉詩，此處宜以嘉靖本爲是。
2. 龍負王舟渡：《英華》本作「龍負王舟度」。案：渡、度相通叚。
3. 軒皇問道迴：《全唐詩》作「軒皇問道回」。案：迴、回古相通。回，返也。
4. 人占仙氣來：李補本作「人占僊氣來」。案：仙、僊爲古今字。
5. 河津會日月：祠堂本、嘉靖本、韶州本、湛刊本、李補本、南雄本作「汀津會日月」。案：河津即龍門，分跨黃河兩岸，形如門闕。汀津，水岸平處，津者，水渡也。宜以河津爲是。
6. 東顧重關盡：祠堂本、李補本作「東嶺重關盡」。案：東嶺與西馳詞性未對。東顧者東望也，東嶺則未聞其義。宜作東顧重關盡。

7. 還聞股肱郡：嘉靖本作「遠聞股肱郡」。案：《資治通鑑》云：「開元十一年——車駕北巡。三月庚午，車駕至京。」徐安貞詩：「長安回望日，宸御六龍還。」於義當以「還聞」爲是。
8. 詠康哉：祠堂本作「咏康哉」。案：詠，歌也，與咏同。《說文》：「詠、咏，詠或從口。」

【註釋】

〔1〕蒲津關：關名。在蒲津之上，位黃河西岸，簡稱蒲關，又名臨晉關，亦稱河關。戰國時魏所置，自古爲山河要隘。唐玄宗〈早渡蒲關〉詩云：「地險關逾壯」。

〔2〕魏武中流處：戰國時，魏曾置關於此。魏武指魏武侯擊，爲魏文侯子。

〔3〕高掌：潘岳賦云：「眺華嶽之陰崖，覿高掌之遺蹤。」張衡〈西京賦〉注云：「綜曰：華山名也，巨靈神也。古語云此本一山，當河水過之而曲行，河之神以手擘開其上，足蹋其下，中分爲二，以通河流，手足之跡于今尚在，高掌即指華嶽。」

〔4〕龍負王舟渡：河圖：黃龍負圖授黃帝。庚信〈哀江南賦〉：「沈白馬而誓眾，負黃龍而渡江。」

〔5〕天仗：天子之近衛。蘇頲〈奉和初春幸太平公主南莊應製詩〉云：「鳳皇樓下交天仗」。

〔6〕股肱郡：帝京輔翼之郡。《漢書・季布傳》：「上默然慙曰：河東吾股肱郡，故特召君耳。」

〔7〕元首詠康哉：《書・益稷》：「帝庸作歌，曰：『勑天之命，惟時惟幾』，乃歌曰：『股肱喜哉，元首起哉，百工熙哉。』皐陶拜手稽首，颺言曰：『念哉，率作興事，愼乃憲，欽哉。屢省乃成，欽哉。』乃賡載歌曰：『元首明哉，股肱良哉，庶事康哉。』」

【箋】

《彙編唐詩》：「唐云：『魏武中流處，軒皇問道迴』。上句即地引事，下句援古喻今。吳云：「河津會日月，天仗役風雷。東顧重關盡，西馳萬國陪。太平氣象。胡元瑞云：『初唐沈宋外，蘇李諸子，未見大篇，獨曲江諸作，含清拔於綺繪之中，寓神俊於莊嚴之內，如〈度蒲關〉等作，同時燕許稱大手筆皆莫及也。』」

三、奉和聖製幸晉陽宮

隋季失天策，萬方罹凶殘。皇祖稱義旗，三靈皆獲安。聖期將中錫，王業成艱難。盜移未改命，曆在終履端。彼汾惟帝鄉，洪都信鬱盤。一月朔巡狩，群后陪清鑾。霸迹在沛庭，舊儀覩漢官。唐風思何深，舜典敷更寬。家蒙枌榆復，邑爭牛酒歡。緬惟剪商後，豈獨微雨歎。三后既在天，萬年斯石刊。尊祖實我皇，天文皆仰觀。

【校】

1. 詩題：《英華》本作「奉和過晉陽宮應制」。案：幸者，臨也。皇帝降臨曰幸。詩題當作「幸」爲是。
2. 聖期將申錫：祠堂本、《英華》本作聖朝。案：聖期者，聖人出之時期。聖朝者，當代朝廷之尊稱。於義宜作「聖期」爲宜。將申錫：祠堂本、《英華》本作「特申錫」。嘉靖本作「將中錫」。案：申錫者，重錫也。中錫者，則未知其義。
3. 王業成艱難：《英華》本作「王業咸艱難」。
4. 洪都信鬱盤：《四庫》本、《全唐詩》、《全唐詩稿本》、《英華》本作「雄都」。案：洪都：在江西省南昌縣。雄都：指帝鄉之雄偉。宜作「雄都」爲是。鬱盤：《英華》本作「爵」字。案：鬱俗作爵字。
5. 一月朔巡守：《四庫》本作「二月朔巡守」。案《資治通鑑》：開元十一年春正月己巳，車駕自東都北巡。宜以一月朔巡守爲是。
6. 家蒙枌榆復：祠堂本、《四庫》本、《全唐詩》、《英華》本作「戶蒙」。祠堂本、李補本作「扮榆復」。案：枌榆：漢祖鄉社名。扮榆當爲形誤。
7. 邑爭牛酒歡：嘉靖本作「邑爭失酒歡」。案：牛酒：乃古時用作饋問、宴犒、祭祀之品。於義爲適。
8. 豈獨微雨歎：《四庫》本、《全唐詩》、《全唐詩稿本》、白口本、《英華》本作「豈獨微禹歎」。案：宜作「微禹歎」。
9. 三后既在天：《英華》本作「三后既天在」。案：《詩・大雅・下武》：「三后在天，王配於京。」宜作「既在天」。
10. 萬年斯石刊：《英華》本作「期石刊」。《全唐詩》、《全唐詩稿本》作「斯不刊」。案：《詩・大雅・下武》：「……繩其祖武於萬年斯，受天之祐。……，於萬年斯，不遐有佐。」《漢書》酈商銘：「金紫褒表，萬世不刊。」宜以

「萬年斯石刊」爲是。

【註釋】

〔1〕三靈：班固〈典引〉：「答三靈之蕃祉，展放唐之明文。」注：善曰：三靈：天地人也。

〔2〕聖斯將申錫：謝眺〈和武昌登孫城詩〉：聖期缺中壤，霸興寓縣。注：「銑曰：千年一聖人出。」申錫，開展興盛之意。

〔3〕履端：左文元：「先王之正時也，履端於始。」注：「步曆之始，以爲術之端首。」

〔4〕帝鄉：指晉陽。今山西省太原縣，唐高祖起義於此。《漢書》：「河南帝城多近臣。南陽帝鄉多近親。」唐玄宗〈過晉陽宮〉云：「緬想封唐處，實爲建國初。」

〔5〕鬱盤：鬱密盤旋。徐悱古意酬到長史溉登琅琊城詩云：「此江稱豁險，茲山復鬱盤。」

〔6〕清鑾：天子所乘之車也。鑾爲鈴之一種。《說文》：「人君乘車，四馬鑣、八鑾鈴，象鸞之聲，聲龢則敬也。」

〔7〕沛庭：同沛廷，沛縣之廷。漢書高帝紀：「高祖乃立爲沛公祠黃帝，祭蚩尤於沛廷。

〔8〕舊儀覩漢官：《後漢書·光武紀》：「老吏或垂涕曰：不圖今日復見漢威儀。

〔9〕唐風：帝堯陶唐氏之遺風。鮑照〈經過舊宮詩〉：「盧令美何歇，唐風不渝。」

〔10〕舜典敷更寬：書經虞書之篇名。《書·舜典序》：「虞舜側微堯聞之聰明，將使嗣位，歷試諸難，作舜典。」其文曰：「敬敷五教，在寬。」

〔11〕家蒙枌榆復：《漢書·郊祀志》：「高祖禱豐枌榆社。」注：「鄭氏曰：枌榆，鄉名也。師古曰：以此樹爲社神，因立名焉。」

〔12〕牛酒歡：饋問宴犒祭祀所用。《戰國策·齊策》：「乃賜單牛酒，嘉其行，後數日，貫珠者復見王。

〔13〕微禹歎：左昭元：「美哉禹功，明德遠矣。微禹吾其魚乎。取微管仲吾其被髮，微禹吾其魚之謂。

〔14〕三后：謂大王、王季、文王。《詩·大雅·下武》：「三后在天，王配於京。」傳：「三后、大王、王季、文王。」

【箋】

本集卷二〈奉和聖製早登大行山率爾言志〉云：「孟月攝提貞，乘時我后征。」

是正月中作，同卷有〈奉和聖製幸晉陽宮〉。當在二月。

四、奉和聖製同二相南出雀鼠谷

設險諸侯地，承平聖主巡。東君朝二月，南旆擁三辰。寒出重關盡，年隨行漏新。瑞雲叢捧日，芳樹曲迎春。舞詠先馳道，恩華及從臣。汾川花鳥意，併奉屬車塵。

【校】

1. 詩題：《英華》本作「奉賀聖制答張說南出雀谷」。
2. 舞詠：祠堂本作「咏」。案：詠、咏見第三首詩。
3. 併奉：《英華》本作「併捧」。案：奉有接受之意，指花鳥亦同沐浴恩澤，宜以併奉爲是。
4. 從臣：《英華》本作近臣。

【註釋】

〔1〕二相：《新唐書》：開元十一年二月貶張嘉貞爲幽州刺史，張說爲中書令吏部尚書，王晙爲兵部尚書，五月晙持節朔方，節度使兼知河北河東隴右河西兵馬使，十二月貶爲蘄州刺史，按此時二相，或指張說王晙，詩中之涉險諸侯地，當爲王晙節度之境，承平聖主巡，當是二相之隨巡者。

〔2〕雀鼠谷：《水經・汾水》：「又南過冠雀津，注：在介休縣之西南，俗謂之雀鼠谷。」《資治通鑑・陳紀》：「大建八年，周伐齊遣齊王憲將兵二萬守雀鼠谷。」

〔3〕東君朝二月：《書・舜典》：「歲二月東巡守，至於岱宗，柴望秩於山川，肆覲東伍」。疏：「東方之國君」。通鑑云：「二月戊申還至晉州。」

〔4〕馳道：輦道。《禮・典禮下》：「馳道不除。」《史記・秦皇紀》：「二十七年賜爵一級，治馳道。注：應劭曰：馳道，天子道也，若今之中道。」

〔5〕汾川：左昭元：「帝申嘉之，封諸汾川。」《明一統志》：「汾川水，在延安府宜川縣北，八十里，源出耳泉縣界，東流入黃河。」

【箋】

1. 宋計有功《唐詩紀事》卷十四云：「開元天子登封泰山，南出雀鼠谷，張說獻詩，明皇御答，群臣應制。」按玄宗封泰山在開元十三年，又《全唐詩》二函七冊徐安貞同題應制云：「兩臣出入夢，二月扈巡邊」。亦與史合，諸詩當是本年二月作，《唐詩紀事》誤。

2. 《彙編唐詩》：「吳云：『韻高氣勝』。唐云：『儷語精工摛詞大雅，亦應製佳什。』」

五、奉和聖製次成臯先聖擒建德之所

天命誠有集，王業初惟艱，剪商自文祖，夷項在茲山，地識斬蛇處，河臨飲馬間，威加昔運往，澤流今聖還，尊祖頌先烈，賡歌安用攀，紹成即我后，封岱出天關。

【校】

1. 詩題：《英華》本作「奉和行次成臯應制」。案：查「玄宗詩題爲行次成臯途經先聖擒建之所緬思功業感而賦詩」
2. 成臯：全唐詩作「皋」。全唐詩稿本、四庫本、嘉本作「皋」。案：臯：俗皋字。
3. 擒建德之所：白口本、全唐詩稿本作「禽」。案：擒與禽相通。
4. 剪商：嘉靖本、祠堂本、全唐詩、稿本作「翦商」。案：翦俗作剪。
5. 文祖：祠堂本、李補本作「文武」。案：《詩經・魯頌・閟宮》：「后稷之孫，實爲大王，居岐之陽，實始剪商。」宜以「文祖」爲是。
6. 先烈：英華本作「先烈」。全唐詩稿本作「先列」。案：先烈者，先人之功業，見《書・冏命》。先烈者：大業也。宜以先烈爲是。

【註釋】

〔1〕成臯：《史記・秦記》：「使蒙驁伐韓，韓獻成臯鞏」。注：正義曰：「括地志云：洛州氾水縣，古之虢國，亦鄭之制邑，又名虎牢，漢之成臯。

〔2〕夷項在茲山：成臯自古爲兵爭重地，楚漢亦相持於此。

〔3〕斬蛇處：《括地志》云：「斬蛇溝出徐州豐縣，故老云：高祖斬蛇處，至縣西十五里入泡水也。」

〔4〕飲馬：使馬飲水也。《左氏・宣十二》：「將飲馬於河而歸」。《史記・楚世家》：「王綪繳蘭台，飲馬西河，定魏大深，此一發之樂也。」

〔5〕封岱出天關：《大戴禮・保傳》：「封泰山而禪父。封爲祭天，禪爲祭地，蓋謂天子出關以祭天地。」《唐書・玄宗紀》：「開元十三年十一月庚壬封于泰山，辛卯禪于社首。天關即指成臯之天險，春秋之鄭，戰國之韓，歷

爲兵爭重地，楚漢亦相持於此。

六、奉和聖製過王濬墓

漢皇思鉅鹿，晉將在弘農。入蜀舉長筭，平吳成大功。與渾雖不協，歸浩實為雄。孤績淪千載，流名感聖衷。萬乘渡荒隴，一顧凜生風。古節猶不弃，今人爭效忠。

【校】

1. 漢皇：祠堂本、嘉靖本、全唐詩、稿本作漢王。
2. 長筭：全唐詩、祠堂本作算。案：筭或作算。
3. 歸浩：全唐詩、全唐詩稿本作歸皓。案：王濬代吳，吳主孫皓，窮蹙出降，宜作皓爲是。
4. 不棄：嘉靖本、湛刊本作弃。案：棄，弃爲古今字。
5. 今人：四庫本作令人。案：今人與古節相對，於義爲是。
6. 效忠：全唐詩稿本作効忠。案：効者，效之俗字。

【註釋】

〔1〕王濬：晉弘農人，字士治，博學有大志，官益州刺史，受命代吳，造樓船，極堅鉅，發自成都，吳人以鐵鎖橫江拒之，濬更作大筏大炬，燒毀鐵鎖，直舉石頭城下，吳主孫皓，窮蹙出降，晉遂滅吳，官至撫軍大將軍，卒謙武。

〔2〕漢皇思鉅鹿：指劉秀戰于鉅鹿，〈光武紀〉：「光武因大饗士卒，遂東圍鉅鹿……光武逆戰于南，斬首數千級。按鉅鹿在今河北省新河縣以西，柏鄉縣以東，平鄉縣以北，晉縣以南。

〔3〕晉將在弘農：晉將指王濬，濬家于弘農。弘農郡，漢置治在今河南靈寶縣南。

〔4〕入蜀舉長筭：益州古蜀國，漢置益州，濬官于此，率巴兵八萬沿江入吳。長筭長策也。《蜀志・張嶷傳》：「少主履敵庭，恐非良計長筭之術也。」

〔5〕平吳成大功：謂泰康元年王濬滅吳事，詳見註 1。

〔6〕與渾雖不協：王渾疾濬功過於己，屢譏之。

〔7〕歸浩：「浩」字疑爲「皓」意爲滅吳，使孫皓歸降。

〔8〕孤績淪千載：《晉書・王濬傳》：「濬功屢爲王渾父子所抑，至其孫，榮羹

不繼，請臣表之上卒不省。」

七、奉和聖製經孔子舊宅

丘門大山下，不見登封時。徒有先王法，今為明主思。恩加萬乘幸，禮致一牢祠。舊宅千年外，光華空在茲。

【校】

1. 詩題：英華本作「奉和經孔子舊宅應制」。
2. 丘門：祠堂本、英華本、四庫本、全唐詩、全唐詩稿本作「孔門」。案：題爲孔子舊宅，曰孔門較宜，且張說亦有詩云：「孔聖家鄒魯。」
3. 大山：全唐詩、全唐詩稿本、四庫本、祠堂本、英華本、嘉靖本作「太山」。案：太山與大山同指泰山而言。
4. 先王法：英華本、白口本、全唐詩稿本作「先生法」。案：先王法乃指聖王之法，於義爲適。

【註釋】

〔1〕孔子舊宅：在山東省曲阜城中歸德門內。

〔2〕登封：謂孔子未逢登泰山封禪之盛會。按《新紀》云：「開元十三年十一月庚寅，封於泰山，壬辰，大赦。」

〔3〕一牢：《周禮・天官・宰夫》：「宰禮之汪，注：三牲牛羊豕具爲一牢。」

【箋】

《舊紀》云：「開元十三年十一月甲午，發岱嶽，丙申，幸孔子宅，親設祭典。」

八、奉和聖製經河上公廟

昔者河邊叟，誰知隱與仙。姓名終不識，章句此空傳。跡為坐忘晦，言猶強著詮。精靈竟何所，祠宇獨依然。道在紆宸勝，風行動睿篇。從茲化天下，清靜復何先。

【校】

1. 詩題：英華本作「奉和經河上公廟應制」。
2. 昔者：英華本作「昔日」。
3. 著詮：英華本作「著宣」。

4. 宸睠：英華本「作宸眷」嘉靖本作「宸勝」。案：睠與眷同，作宸勝於義不通。

【註釋】

〔1〕河上公：《神仙傳》二：「河上公者，莫知其姓名。漢文帝時，結草爲庵於河之濱，帝讀老子經，頗好之，有所不解，數事，聞時皆稱河上公，解老子經義旨，乃使齎所不決之事以問。」

〔2〕精靈：左思〈吳都賦〉：「舜禹游焉，沒齒而忘歸，精靈留其山阿。」注：「向曰：精靈，神仙之類。」

〔3〕宸睠：天子之思寵《玉篇》：「睠同眷，宸睠，帝王之御恩寵。」《北史・劉炫傳》：「以此庸虛，屢動宸睠。」

〔4〕睿篇：《書・洪範》：「睿作聖，睿篇指天子作詩事。」

九、奉和聖製賜諸州刺史以題生右

聖人合天德，洪覆在元元。每勞蒼生念，不以黃屋尊。興化俟群辟，擇賢守列藩。得人此為盛，咨嶽今復存。降鑒引若道，慇懃啟政門。容光無不照，有象必為言。成憲知所奉，致理歸其根。肅肅稟玄猷，煌煌戒朱軒。豈徒任遇重，兼爾宴錫繁。載聞勵臣節，持答明主恩。

【校】

1. 詩題：嘉靖本、白口本同此本，成化本作「坐右」。案：座與坐相通，「生右」形誤。此本當改。
2. 俟群辟：英華本、祠堂本作自群辟。案：俟者，等待也，與下句「守」同爲動詞，於義爲適。此本當改。
3. 咨岳：嘉靖同此本作咨嶽。案：嶽、岳爲古今字。
4. 慇懃：祠堂本、英華本作殷懃。嘉靖本、白口本、全唐詩、全唐詩稿本作「殷勤」。案：慇或爲殷，懃、勤同。
5. 載聞：李補本作「門」。此本作聞是。

【註釋】

〔1〕刺史：官名，漢武帝置部刺史，唐時改郡爲州，則稱刺史，改州爲郡則稱太守以爲太守之互名。

〔2〕天德：上天化育萬物之德也，喻天子之恩賜，普及萬民。《易・乾》：「飛

龍在天，乃位乎天德。」疏：「乃位乎天德者，位當天德之位言，九五陽居於天，照臨廣大，故云天德也。」

〔3〕洪覆在元元：本意爲天，今轉爲天子之大恩。《文選》束晳〈補亡詩崇邱〉：「漫漫方輿、回回洪覆。」注：「翰曰：洪覆，天也。」《戰國策・秦策》：「今欲并天下凌萬乘，詘敵國，制海內，子元元、臣諸侯，非兵不可。」《史記・匈奴傳》：「元元萬民。」注：元元謂黎庶也，元元猶言喁喁，可矜怜之辭也。」

〔4〕黃屋：謂天子車蓋也，古天子所乘之車，以黃繒爲車蓋之裏曰黃屋車，亦轉爲天子之敬稱。《史記・秦始皇紀》：「冠玉冠，佩華紱，車黃屋。」

〔5〕群辟：謂諸侯。《書・周官》：「元服群辟，罔不承德。」傳：「六服諸侯，奉承周德。」

〔6〕咨岳：《書・堯》：「帝曰：咨四岳。」咨，問也。疏：「四岳即指義和之四子分掌四岳之諸侯」此處當指諸州刺史。

〔7〕降鑒：指垂鑒：《詩・王風・黍離・悠悠蒼天》傳：「自上降鑑，則稱上天，據遠視之蒼蒼然則稱蒼天。」任昉〈爲齊明皇帝作相讓宣成郡公第一表〉：「願曲留降鑑，即垂順許，君道。」《呂覽・恃君》：「利之出于群也，君道立也，故君道立，則利出于群，而人備可完矣。」《漢書・成帝紀》：「君得道，則草木昆蟲，咸得其所。」

〔8〕有象必爲言：《書・舜典》：「象以典型。象、法也。」又云：「命汝作納言」喉舌之官。

〔9〕成憲：《書・說命下》：「監于先王成憲，其永無愆。蔡傳：憲法，先王成法者，子孫之所當守者也。」

〔10〕肅肅稟玄猷：《詩・周南・兔罝》：「肅肅兔罝，椓之丁丁」。傳：「肅，靜也。猷，深謀也。」

〔11〕煌煌戒朱軒：眩目貌。《詩・大雅・大明》：「檀車煌煌。傳：煌煌，明也。」《法言・至孝》：「金朱煌煌，無已泰乎。」朱軒：貴者所乘車。《風俗通・過譽》：「朱軒駕駟，威烈赫奕。」張協〈詠史詩〉：「朱軒曜金城，供帳臨長衢。」注：「朱軒，公卿車也。」

【箋】

《通鑑》卷二一二云：「開元十三年春二月乙亥，上自選諸司長官有聲望者：大理卿源光裕、尚書左丞楊承令、兵部侍郎冦泚等十一人爲刺史，命宰相、諸王、及諸司長官、臺郎御史餞於洛濱，供張甚盛，賜以御膳，太常具樂，內坊歌伎，上自書十韻詩賜之。」

十、奉和聖製瑞雪篇

萬年春，三朝日。上御明臺旅庭實，初瑞雪兮霏微。俄同雲兮蒙密，此時騷切陰風生，先過金殿有餘清，信宿嬋娟飛雪度，能使王人俱掩嫮。皓皓樓前月初白，紛紛陌上塵皆素。昨訝驕陽積數旬，始知和氣待迎新。匪惟在人利，曾是扶天意。天意豈云遙，雪下不崇朝。皇情䣕無斁，雪委方盈尺。草樹紛早榮，京坻宛先積。君恩誠謂何，歲稔復人和。預數斯箱慶，應如此雪多。朝冕旒兮載悅，想簑笠兮農節。倚瑤琴兮或歌，續薰風兮瑞雪。福浸昌應尤盛，瑞雪年年常感聖，願以柏梁作，長為柳花詠。

【校】

1. 詩題：英華作「雜言奉和聖製瑞雪篇」。
2. 嬋娟：祠堂本作「蟬蜎」。案：嬋娟同「蟬蜎」姸雅也。
3. 待迎新：嘉靖本作「侍迎新」。案：侍：形誤。
4. 扶天意：祠堂本作「符天意」。
5. 紛早榮：英華本作「芳早榮」。案：當以「紛早榮」為是。
6. 䣕無斁：祠堂本、李補本作「䣕」。案：䣕為形誤。
7. 宛先積：英華本作「苑」。案：宛者，宮室繚曲宛轉也。苑者園有林花卉之稱也，菀與宛通。
8. 預數：嘉靖本作「預素」。案：數者，計算也。預數乃預先計算，於義為是。
9. 農節：英華本作「豐節」。案：《文選・謝眺詩》：「連陰盛農節，簑笠聚東菑。」當以農節為是。
10. 斯箱慶：英華本作「斯相慶」。案：《詩經・甫田》：「乃求萬斯箱。」言禾穀之稅，委積之多，以萬車載之，言年豐收入踰前也。宜作箱慶。
11. 簑笠：英華本作「臺笠」李補本作「臺」嘉靖本作「臺」。案：臺同簑，俗加竹。
12. 續薰：祠堂本、李補本作「績熏」。
13. 玉人：李補本作「王」。

【註釋】

〔1〕三朝日：《漢書・五行志下》：「正月朔日是爲三朝」。班固〈東都賦〉：「春王三朝會同漢京。注：善曰：三朝歲首朔日也。」

〔2〕明臺：明堂也，《周禮・考工記・匠人》：「夏后氏世室，當修二七，廣四修，一五室九階，殷人九重屋，堂修七尋崇三尺，四阿重屋，周人明堂度九尺之筵，東西九筵，南北七筵，堂崇一筵，五室，凡室二筵。」《管子・桓公問》：「黃帝立明臺之議者，上觀於賢也。」

〔3〕庭實：謂諸侯聘享時貢獻之物充於天子之庭也，此謂庭內所陳列的貢物，《左氏・莊二十二》：「庭實旅百，奉之以玉帛，天地之美具焉」。疏：「旅，陳也，庭之所實，陳有百品，言物備也。」

〔4〕蒙密：掩密深也。范曄〈樂游應詔詩〉：「遵渚攀蒙密，隨山上嶇嶔。」庚信小園賦：「撥蒙密兮見牕，行攲斜兮得路。」

〔5〕騷切陰風：指冬風吹起，騷切乃騷騷也，風勁貌：《文選・張衡・思玄賦》：「寒風淒其永至兮，拂雲岫之騷騷」。注：「善曰：「風勁貌，向曰：「騷騷，風聲。」顏延之《北史》〈洛陽詩〉：「陰風振涼野，飛雲瞀窮天。」梁元帝《纂要》：「冬風曰陰風、嚴風、哀風。」

〔6〕金殿：汎指莊嚴華麗之殿也。江總〈侍宴瑤泉殿詩〉：「何言金殿側，亟奉瑤池觴。」

〔7〕嬋娟：色態美好也。說文「嬋娟，態也」。《文選・張衡・西京賦》：「增嬋娟以此豸。」

〔8〕崇朝：《詩・鄘風・蝃蝀》：「朝隮于西，崇朝其雨」。傳：「崇，終也。縱旦至食時爲終朝。」

〔9〕翫無斁：翫：悅也。《文選・張華・答何劭詩》云：「流目翫儵魚。」注：「善曰：翫猶悅也。」《詩・周南・葛覃》：「是刈是濩，爲絺爲綌，服之無斁，傳：斁，厭也。」

〔10〕京坻：《詩・小雅・甫田》：「曾孫之庾，如坻如京。」陳奐《詩毛氏傳疏》：「京，高地也，坻：水中之高地也。」

〔11〕箱慶：《詩・小雅・甫田》：「乃求千斯倉，乃求萬斯箱。」箋云：「見禾穀之稅，季積之多，於是求倉之處之，求萬車以載之，言年豐收入踰前也。」

〔12〕朝冕旒兮載悅：《後漢書・蔡茂傳》注：「旒謂冕前後所垂玉也。天子十二旒，上公九族。載，則也，乃也。」《詩・旒風・七月》：「春日載陽。」

〔13〕簦笠兮農節：簦笠所以禦雨也。農節，農作之時期。《文選・謝朓・在郡臥病呈沈尚書詩》：「連陰盛農節，簦笠聚東菑。」

〔14〕薰風：南風也。《史記・五帝紀》：「南風之薰兮，可以解吾民之慍兮。」

〔15〕瑞雪：《大唐新語》：「唐武后時，嘗三月降雪。蘇味道等以爲瑞雪，表賀。王求禮曰：若三月雪爲瑞雪，臘月雪亦爲瑞雪。」

〔16〕柳花詠：柳花者柳絮也。晉謝安征女謝道韞，魄識有才辨，値大雪，安曰：何所似也，……道韞曰：未若柳絮因風起，安大悅。」陳後主〈洛陽道詩〉：「柳花塵裏案，槐色露中光。」

十一、奉和聖製早發三鄉山行

羽衛森森西向秦，山川歷歷在清晨。晴雲稍卷寒巖樹，宿雨能銷御路塵。聖德由來合天道，靈符即此應時巡。遺賢一一皆羈致，猶欲高深訪隱淪。

【校】

1. 詩題：英華本作「奉和早發三鄉山行應詔」
2. 歷歷：英華本作「瀝瀝」四庫本作「歴歴」。案：歷歷：分明貌。瀝瀝：水聲。歴爲歷之俗體字，此處宜以歷歷爲是。
3. 寒巖樹：英華本作「寒嵒樹」。案：巖、嵒相通。
4. 能銷：英華本作「微消」。

【註釋】

〔1〕三鄉山：《劉夢得集・四》有〈三鄉驛樓伏覩玄宗望女几山詩，小臣斐然有感〉云：「三鄉陌上望仙山，歸作霓裳羽衣曲。」據此詩三鄉驛樓似在三鄉山上，而三鄉山在女几山附近。《元和郡縣志・卷五・河南道一・河南府福昌縣》：「女几山在縣西南三十四里。」

〔2〕羽衛：儀衛也。《文選・江淹・雜體從駕詩》：「羽衛藹流景，綵吹震沈淵。」注：「善曰：羽衛，負羽侍衛也。」

〔3〕靈符：神靈之符瑞也，神符也。《漢書・班彪傳》：「彪著王命論以爲漢德承堯有靈命之符，王者興祚，非詐力所致。」

〔4〕羈致：拘送也。《三國志・魏志・陳思王植傳》：「終軍以妙年使越，欲得長纓纓其王，羈致北闕。」

〔5〕隱淪：隱士也。《文選・謝靈運・入華子崗是麻源第三谷詩》：「既枉隱淪

客，亦棲肥遁賢。」注：「向曰：隱淪肥遁皆幽居者。」

【箋】

1. 看他寫山川，只用歷歷二字，看他寫山川歷歷，只用在清晨三字，唐初應制詩，從来人人罵其板重，又豈悟其有如是之俊爽耶？三、四晴雲稍卷，宿雨微銷，此只謂是寫清晨異樣好手，初並不覺山川歷歷，亦已向筆墨不到之處，早自从中如畫也。……所以宿雨快晴者，只爲聖德合天也，所以聖德合天者，只爲群賢盡起，無有遺滯也。然則聖德之合，已無容頌而靈符之應，實爲可欣，既仰承帝命之如響，當益思帝心之簡在，今日如此大山大川，伏龍伏鳳，正不可不更加意也。
2. 《彙編唐詩》：「譚云：應制詩孤高不得即作冠冕語亦非如此不可。唐云：前二聯佳，後二聯冠冕中有頭巾氣，如何使得。」

十二、奉和聖製溫泉歌

有時神物待聖人，去後湯還冷，來時樹亦春。今茲十月自東歸，羽斾逶迤上翠微。溫谷葱葱佳氣色，離宮弈弈斗光輝，臨渭川，近天邑，浴日溫泉復在茲，群仙洞府那相及，吾君利物心，玄澤浸蒼黔，漸漬神湯無疾苦，薰歌一曲感人深。

【校】

1. 詩題：英華本作「雜言奉和聖製溫泉歌」。
2. 有時神物：英華本作「有神物」。案：整首詩以七、五言爲主，英華本無「時」字，誤。
3. 湯還冷：英華本作「溫還冷」。案：湯，溫泉也。若作溫，則無溫泉義。
4. 葱葱：全唐詩、全唐詩稿本、英華本、祠堂本作「蔥蔥」。嘉靖本作「葱葱」四庫本作「蔥蔥」。案：蔥爲蔥之俗字，葱與蔥同，葱則爲誤字。此本當改。
5. 翠微：嘉靖本、湛刊本、成化本、英華本作「翠薇」。案：翠微，泛言山也，一說山氣有青縹色，於義爲是。
6. 弈弈：英華本、四庫本、全唐詩稿本、全唐詩、嘉靖本作「奕奕」。案：弈弈者，容也，弈，大也，又輕麗貌。奕、弈通。
7. 渭川：祠堂本、李補本、嘉靖本、四庫本、英華本、全唐詩稿本、全唐詩作「渭川」。案：渭川即渭水，流經陝西，張說〈奉和溫泉言志應制〉云：「溫泉媚新豐，驪山横半空。」宜以渭川爲是。

8. 溫泉：英華本作「湯泉」。
9. 斗光輝：全唐詩、全唐詩稿本作「叶光輝」。案：斗，星宿名，叶同協，於義以斗爲適。

【註釋】

〔1〕羽旆：以羽毛飾邊之旗。《文選・沈約・鍾山詩應西陽王教詩》：「君主挺逸趣，羽旆臨崇基。注：善曰：旆，旌旗之垂者，旆旗以羽爲飾。」

〔2〕翠微：泛言山也。《爾雅・釋山》：「山未及上翠微。疏：謂未及頂上在旁陂之處，名翠微。」

〔3〕離宮弈弈：離宮猶人行宮，古天子出巡，憩于此。《漢書・枚乘傳》修治上林雜以離宮。《詩・大雅・韓弈》：「弈弈深山。」傳：「弈弈：大也。」《爾雅・釋訓》：「弈弈：容也。言離宮之壯容。」

〔4〕玄澤：謂天子之恩澤也，即聖恩。《文選・應貞・晉武帝華林園集詩》：「玄澤滂流，仁風潛扇。」注：「善曰：玄澤，聖恩也。」

〔5〕蒼黔：謂蒼頭黔首也，百姓也。《書・益稷》：「帝光天之下至於海隅蒼生。」疏：「蒼生黔首謂百姓。蒼蒼然生草木之處皆是帝德所及。後謂百姓爲蒼生，黔首。」

十三、奉和聖製燭龍齋祭

上帝臨下，鑒亦有光，孰云陰騭，惟聖克彰。六月徂暑，四郊信陽。我后其勤，告于壇場。精意允溢，群靈鼓舞。蔚兮朝雲，霈然時雨。雨我原田，亦既有年。燭龍煌煌，明宗報祀。于以助之，天人帝子，聞詩有訓，國風茲始。

【校】

1. 信陽：四庫本作誾陽，嘉靖本、全唐詩、全唐詩稿本、白口本作「愆陽」。案：誾同愆，愆陽，冬溫時候。「愆」爲形誤。惟此本作信。
2. 允溢：嘉靖本、祠堂本作「充溢」李補本、四庫本、全唐詩、全唐詩稿本作「允溢」。案：克爲充之俗字，充溢：充滿也。
3. 鼓舞：嘉靖本、成化本、湛刊本作「鼓舞」。案：於義以「鼓舞」爲適。

4. 霈然：全唐詩作「沛」。案：沛，霈通。

【註釋】

〔1〕燭龍：鍾山之神名，一名燭陰。《山海經・海外北經》：「鍾山之神名曰燭陰，視爲晝，瞑爲夜，吹爲冬，呼爲夏，身長千里，人面蛇身，赤色也，又名燭龍。」

〔2〕陰騭：默定。《書・洪範》：「惟天下陰騭下民，相協厥居。」注：「騭：定也，天下言而默定下民。」

〔3〕六月徂暑：《詩・小雅・四月》：「四月維夏，六月徂暑。」傳：「徂：往也。暑盛而往矣。」箋：「猶始也，四月而立夏矣，至六月乃始暑盛。」今言徂始者，義出於往也，言王者由此往彼徂彼之辭，往到即是其始，暑自四月往至於六月爲始也。

〔4〕僭陽：指冬溫時候，謂時序失調也。僭，愆之籀文。《左・昭四》：「冬無愆陽。」

〔5〕雨我原田：《詩・小雅・甫田》：「雨我公田。」《左傳・僖公二十八》：「原田每每。」注：「每每：田之肥者。原田：高平之田。」《詩・周南・召南》譜：「地形險阻而原田肥美。」

十四、奉和聖製喜雨

艱我稼穡，載育載亭。如物應之，曷聖與靈。謂我何憑，惟德之馨。誰云天遠，以誠必至。太清無雲，羲和頓轡。于斯蒸人，瞻彼非覬。陰冥倐忽，霈澤咸。何以致之，我后之感。無臯無隰，黍稷黯黯。無卉無木，敷芬黰黲。黃龍勿來，鳴鳥不思。人和年豐，皇心則怡。豈與周宣，雲漢徒詩。

【校】

1. 如物應之：全唐詩作「隨物應之」。
2. 黰黲：祠堂本、白口本、全唐詩、全唐詩稿本作「黰黷」。
3. 咸洎：李補本作「洎」。案：洎有潤澤意，於義爲是。
4. 蒸人：全唐詩作「烝人」。案：烝人：眾人也，蒸人意同，蒸與烝通。
5. 倐：全唐詩作「倏」。案：倐爲倏之俗字。
6. 霈澤：全唐詩作「沛」。案：霈，沛通。
7. 無臯：全唐詩、嘉靖本、四庫本作「皋」。

8. 黃龍勿來：祠堂本作「黃龍初來」。案：「黃龍勿來」典故，見《淮南子・精神訓》，宜以「勿來」爲是。

【註釋】

〔1〕載育載亭：《後漢書・清河孝王慶傳》：「清河孝王至德淳懿載育。」《老子》：「亭之毒之，蓋之覆之。」王弼注：「亭謂品其形，毒謂成其質，爲造物生成庶類之辭。」

〔2〕天遠：《左傳・昭公十八年》：「子產曰：天道遠，人道邇，非所及也。」

〔3〕太清無雲：指天氣晴朗。太清謂天也。《鶡冠子・度萬》：「惟聖能正其音，調其聲，故其德上及太清，下及泰寧。」左思〈吳都賦〉：「迴曜靈于太清。」

〔4〕羲和頓轡：羲和謂日也。屈原〈離騷〉：「日忽忽其將暮，吾令羲和弭節兮。」注：「羲和，日御也。頓轡：整轡，振轡也。」《文選・陸機・赴洛道中作詩》：「頓轡倚高巖，側聽悲風響。」

〔5〕蒸人：百姓也。《後漢書・杜篤傳》：「濟濟蒸人於塗炭，成兆庶之亹亹。」蒸與庶同意，即眾人也。

〔6〕洎：《說文》：「洎，灌釜也，从水，自聲。」《周禮・秋官・士師》：「洎鑊水。注：洎謂增其沃汁。」《廣韻》：「洎，潤也。」

〔7〕無皐無隰：《廣雅・釋地》：「皐，池也。」《說文通訓定聲》：「按此字當訓澤邊地也。」《左・襄二十五》：「牧：隰皐。」注：「隰皐，水岸下濕爲芻牧之地。皐隰，水澤也。」王粲〈登樓賦〉：「背墳衍之廣陸兮，臨皐隰之沃流。」

〔8〕黯黯：《說文》：「深黑也。」陳琳〈遊覽詩〉：「蕭蕭出谷風，黯黯天路陰。」梁元帝〈蕩婦秋思賦〉：「日黯黯而將暮，風騷騷而渡河。」

〔9〕黮黤：祠堂本作黮黤。《說文》：「黮：桑葚之黑也。」《說文》：「黤：青黑色也。」十七：「不明也。」劉伶〈北芒客舍詩〉：「泱漭望舒隱，黤黮玄夜陰。」

〔10〕黃龍勿來：《淮南子・精神訓》：「禹南者，方濟於江，龍負舟，舟中之人，五色，無主，禹乃熙笑而稱曰：我受命於天，竭力而勞萬民，生寄也，死歸也，何足以滑和，視龍猶蝘蜓，顏色不變，龍乃弭而掉尾而逃。此謂天子德威之高，媿尊於禹，黃龍不來，而帝德可感與雨也。」

〔11〕鳴鳥：鳴鳳也。《詩・大雅・卷阿》：「鳳凰鳴矣，于彼高岡，梧桐生矣，于彼朝陽。」疏：「鳳皇之鳴則雝喈喈然音聲和協，以與民臣亦和協也。」

〔12〕雲漢：《詩經・大雅・蕩之什》篇名。《詩・大雅・雲漢》云：「倬彼雲漢，昭回于天，王曰：於呼，何辜今之人，天降喪亂，饑饉薦臻。」《毛讀序》：「〈雲漢〉，仍叔美宣王也，宣王承厲王之烈，內有撥亂之志，遇烖而懼，側身脩行，欲銷去之，天下善於王化復行，百姓見憂，故作是詩也。」

十五、奉和聖製送十道採訪使及朝集使

三年一上計，萬國趨河洛。課最力已陳，賞延恩復博。垂衣深共理，改瑟其咸若。首路迴竹符，分鑣揚木鐸。戒程有攸往，詔餞無淹泊。昭晰動天文，殷勤在人瘼。持久望茲念，克終朝所託。行已當自強，春耕庶秋穫。

【校】

1. 趨河洛：英華本作「趍河洛」。案：趍爲趨之俗字。
2. 恩復博：英華本作「恩復傅」。案：以押韻觀之當作「博」。
3. 持久望茲念：英華本作「侍久聖念茲」。
4. 揚木鐸：祠堂本、李補本作「楊」。案：以「揚木鐸」爲適。
5. 朝所託：四庫本、全唐詩、全唐詩稿本、白口本作「期所託」。英華本、祠堂本、南雄本、李補本作「托」。案：託、附也，寄也。於義爲是。
6. 行已當自強：全唐詩、全唐詩稿本、英華本、白口本作「行矣當自強」祠堂本作「行己」。案：已：在此爲語終詞，已、矣通。作己則爲形誤。
8. 人瘼：四庫本作「民瘼」。

【註釋】

〔1〕十道採訪使：唐太宗時之行政區劃，關內、河南、河東、河北、山南、隴右、淮南、江南、劍南、嶺南。《通典・州郡典序目下》：「貞觀初，并省州縣，始於山河形便，分爲十道，關內道、河南道、河東道、河北道、山南道、隴右道、淮南道、江南道、劍南道、嶺南道。採訪使，官名，唐開元中改諸道按察使爲採訪處置使，命考課官人善績，三年一奏，乾元初，改爲觀察處使。」

〔2〕朝集使：漢代郡國有上計使者，每歲遣詣京師上計簿，唐採漢制，諸道於歲時遣使者朝覲天子，並謁宰執報告政務及歲計出入謂之。《舊唐書・太宗紀》：「貞觀五年正月癸未，朝集使詩封禪。」

〔3〕萬國趨河洛：萬國，古之諸侯之稱。河洛謂朝庭也。《史記・封禪書》：「昔

三代之君皆在河洛之間。」

〔4〕賞延：《書・大禹謨》：「罰弗及嗣，賞延于世。」傳：「延：及也。」謝靈運〈辭祿賦〉：「荷賞延之渥恩，在弱齡而覃惠。」

〔5〕垂衣：《易・大傳》：「黃帝堯垂衣裳而天下治。」注：「垂衣賞以辨貴賤，乾尊坤卑之義也。」後人恆用此以譽盛治。

〔6〕咸：咸池，黃帝之樂。《後漢書・曹褒傳論》：「咸莖異調」注：「咸，咸池，黃帝樂也。」

〔7〕竹符：漢代軍事徵發所用兵符也，此指十道採訪使、朝集使之信符。《後漢書・百官志》：「舊二人在中，主璽及虎符竹符之半者。」

〔8〕分鑣揚木鐸：分鑣，分道而行，鑣，馬口銜鐵也。《晉書・孝武帝贊》：「燕之繫路，鄭叔分鑣。」梁武帝〈答劉之遴詔〉：「張蒼之傳左氏，賈誼之襲荀卿，源本分鑣，指歸殊致。」《周禮・天官・小宰》：「徇以木鐸。」注：「古者將有新令，必奮鐸以警眾，使明聽也。木鐸，木舌也，文事奮木鐸，武帝奮金鐸。」

〔9〕戒程：猶戒塗也，言籌備登程也。《周書・文帝紀》：「秣馬戒途，志不俟旦。」

〔10〕淹汨：猶滯留也。《左氏・僖三十三》：「吾子淹久於敝邑。」

〔11〕人瘼：喻人民之疾苦也。瘼者。病也。《詩・小雅・四月》：「亂離瘼矣，傳：病也。」

〔12〕昭晰：明也。《文選・何晏・景福殿賦》：「雖離朱之至精，猶眩曜而不能昭晰也。」注：「善：文曰：昭晰，明也。」

【箋】

《舊傳》云：「九齡在相位時建議復置十道採訪使。」《舊紀》云：「開元二十二年二月辛亥，初置十道採訪處置使。」

十六、奉和聖製次瓊岳韻

山祇亦望幸，雲雨見靈心。岳館逢朝霽，關門解宿陰。咸京天上近，清渭日臨邊。我武因冬狩，何言是即禽？

【校】

1. 詩題：白口本、全唐詩、全唐詩稿本作「奉和聖製瓊嶽韻」。英華本作「奉和次瓊岳頓應制」。

2. 山祗：全唐詩、全唐詩稿本作「祇」李補本、嘉靖本、英華本、祠堂本作「祗」。

案：祇，地之神也。宜以祇爲是。

【註釋】

〔1〕望幸：天子有所至曰幸。《漢書・司馬相如傳》：「設壇場望幸。」注：「臨幸也」。

〔2〕朝霽：《說文》：「霽，雨止也。」曹植〈幽思賦〉：「望翔雲之悠悠，羌朝霽而夕陰。」

〔3〕咸京：猶上京也。秦以咸陽爲京，即長安，後人以長安移咸京，唐都長安故亦稱咸京。李白詩：「田郎才貌出咸京。」

〔4〕我武恩冬狩：《書・泰誓中》：「我武維揚。」jrjrjr狩之俗字。」《爾雅》：「冬獵爲狩。」《左傳・隱公九年》：「春蒐，夏苗，秋獮，冬狩。」

【箋】

《全唐詩》二函七冊李林甫有同題〈應制詩〉云：「東幸從人望，西巡順物回，雲收二華出，天轉五星來，十月農初罷，三驅禮復開，更者瓊岳上，佳氣接神臺。」《舊紀》云：「開元二十四年冬十月戊申，東駕發東都還西京，甲子，至華州。」是九齡、林甫甲子日同時應制有作也。

十七、奉和聖製送李尚書入蜀

眷言感忠義，何有間山川。狥節今如此，離情空復然。皇心在勤恤，德澤委昭宣。周月成功後，明年或勞還。

【校】

1. 眷言：英華作「睿言」。

2. 成功後：英華本作「成功已」。

3. 狥節：祠堂本、嘉靖本、李補本同此本作「狥節」。狥乃徇之俗字。

【註釋】

〔1〕尚書：官名，秦少府遣吏四人，在殿中主發書謂之尚書。漢承秦制，成帝時置尚書五人，一人爲僕射，四人分爲四曹，通掌猶輕，東漢則總領綱紀，無所不統，魏普皆重中樞之官，掌機衡之伥，尚書之權漸減，至於梁陳，

舉國機要，悉在中書，獻納之任又歸門下，尚書但聽命受事而已，隋唐皆置尚書省，置左右僕射，左右丞，分管六部，並於六部各置尚書一人。《文苑英華》卷四五二李尚隱、戶部尚書、益州刺史、劍南節度採訪使制稱：「銀青光祿大夫守太子詹事上柱國高邑縣開國子李尚隱。」

〔2〕睠言：回視也。《詩・小雅・大東》：「睠言顧之，潸焉出涕。」陸機〈贈尚書部顧彥先詩〉：「睠言懷桑梓，無乃將爲魚。」

〔3〕徇節：謂以死全節也。魏文帝〈謙龐德策〉：「昔光軫喪元，王蠋絕脰，隕身徇節，前代美之。」

〔4〕德澤：猶言恩澤。《漢書・食貨志》：「德澤加于前。」又〈賈誼傳〉：「德澤洽禽獸。」

〔5〕昭宣：昭明宣揚。《漢書・韋玄成傳》：「左右昭宣，五品以訓。」

【箋】

《彙編唐詩》：「鍾云：質勁之氣，下筆宛宛不澁。唐云：慰勉之詞，不作浮語可稱唐雅。」

十八、奉和聖製初出洛城

東土淹龍駕，西人望翠華。山川祇詢物，宮觀豈為家？十月迴星斗，千官捧日車。洛陽無怨思，巡幸更非賒。

【校】

1. 祇詢物：南雄本作「低」嘉靖本作「秖」英華本作「抵詢物」。案：以上下文句觀之，「山川祇詢物」爲是。秖，篆作祇。
2. 星迴斗：祠堂本、四庫本、嘉靖本、英華本、白口本、全唐詩稿本作「迴星斗」。全唐詩作「回星斗」。
3. 日捧車：祠堂本、四庫本、嘉靖本、湛刊本、本、成化本、英華本、全唐詩、全唐詩稿本作「捧日車」。
4. 宮觀：祠堂本作「宮象」。

【註釋】

〔1〕洛城：洛邑也，在今河南洛陽縣西五里，即故洛邑王城也。《書・序》：「成王在豐欲宅洛邑，使召公先相宅」。又〈洛誥〉：「周公曰：我乃卜澗水東，瀍水西，惟洛食。」即此，其後平王徒都之，是爲東周，亦曰王城。

〔2〕東土：東方之地。《書・康誥》:「肆汝小子封，在茲東土。」

〔3〕翠華：司馬相如〈上林賦〉:「建翠華之旗，樹靈鼉之鼓。」注：「善曰：翠華，以翠羽爲葆也。」

〔4〕星迴斗：星迴斗，星迴：星皆回復原位，謂一年已終也；斗者，星宿名。《禮・月令》:「李冬之月，云云，是月也。日窮於次，月窮於紀。星回于天，數將幾終，歲且更始。」

〔5〕巡幸更非賒：《唐書・明皇紀》:「開元二十年十月如潞州中書門下慮巡幸所過囚。賒，遠也。」何遜〈秋夕詩〉:「寸心懷是夜，寂寂漏方賒。」

【箋】

〈奉和聖製初出洛城〉云：「東土淹龍駕，西人望翠華……十月星迴斗，千官日捧車。按新舊兩紀及《通鑑》所記玄宗開元間自東都返西京而在十月者，僅十五年及二十四年兩度耳，然十五年十月九齡方在洪州刺史任，則此詩必在二十四年。

十九、奉和聖製謁元皇帝廟齋

興運昔有感，建祠北山巔。雲雷初締構，日月今悠然。紫氣尚蓊鬱，玄元如在焉。迨茲事追遠，輪奐復增鮮。洞府香林處，齋壇清漢邊。吾君乃尊祖，夙駕此留連。樂動人神會，鍾成律度圓。笙歌下鸞鶴，芝木萃靈僊。曾是福黎庶，豈唯味虛玄。賡歌徒有作，微薄謝昭宣。

【校】

1. 詩題：全唐詩、白口本、嘉靖本、全唐詩稿本作奉和聖製謁玄元皇帝廟齋。英華本作奉和謁玄元皇帝廟齋應制。案：當以奉和聖製謁玄元皇帝廟齋爲是。
2. 締構：嘉靖本、白口本作締搆。案：搆、構通。締構者，結構也。
3. 蓊鬱：英華本作蔥欝。案：蓊鬱者：茂盛也。於義爲是。
4. 如在焉：英華本作如在前。
5. 齋壇：英華本作齋壇。案：齋壇切題，於義爲是。
6. 鐘成：四庫本、李補本、白口本、嘉靖本、英華本作鍾。案：《左傳・文公六年》注云：「鐘律度量，所以洽曆明時。」鍾爲形誤。
7. 芝木：祠堂本、四庫本、湛刊本、白口本、全唐詩、全唐詩稿本作芝朮。

英華本作芝草。案：於義宜以芝朮爲是。

8. 萃靈僊：祠堂本、四庫本、李補本、白口本、全唐詩、全唐詩稿本作萃靈仙，英華本作聚靈仙。

9. 賡歌：嘉靖本作睿歌。案：賡歌見《書・益稷》，宜以賡歌爲是。

【註釋】

〔1〕元皇帝廟：即玄元皇帝廟。唐追崇老子爲玄元皇帝。《舊唐書・禮儀志》：「開元 20 年正月己丑詔兩京及諸州各置玄元皇帝廟一所，並置崇玄學其生徒會習道德經。」

〔2〕紫氣：指嘉賓即來之徵兆，《關令尹內傳》：「關令尹登樓四望，見南極紫氣四邁。喜曰：夫陽氣盡九，星宿値合，歲月並五，復九十日之外，法應有聖人經過京邑，至期乃齋戒。其日果見老子。」

〔3〕洞府：芬芳之樹林也，洞府以稱仙人所居。〈隋煬帝詩〉：「洞府凝玄液，靈山體自然。」

〔4〕笙歌下鸞鶴：笙歌，合笙之歌。王子喬名晉，周靈王太子名晉，周靈王太子，本姬姓以直諫廢爲庶人，晉好吹笙作鳳鳴，遊伊洛之間，隨浮丘生入嵩山修道，後三十餘年，其家見其乘白駐於緱氏山頭，舉手謝時人，數日方去。孔稚珪〈褚伯玉碑〉：「子晉笙歌，馭風於天海，王喬雲舉，按鵬於元都。」

〔5〕賡歌：歌謠名：舜與皋陶唱和之辭。《書・益稷》：「乃賡載歌曰：元首明哉，股肱良哉，庶事康哉。」傳：「賡：續也。」

二十、南郊文武出入舒和之樂

祝史辭正，人神慶叶。福以德昭，享以誠接。六變云備，百禮斯浹。祀事孔明，祚流萬葉。

【校】

1. 南郊：四庫本作西郊。案：《通鑑》云：「開元十一年十一月戊寅，上祀南郊。」西郊誤。全唐詩同此本。

【註釋】

〔1〕舒和之樂：《唐書・音樂志》：「皇帝臨軒，出入奏舒和之樂。」又景龍三年中宗親祀昊天上帝樂章第九首、十首：送文武出迎武舞入用舒和。又玄宗

開元十三年封泰山祀天樂十四首，第十二首亦用之。又正月上辛祈穀於南郊樂章八首亦用之。

〔2〕祝史辭正：祝史，助祭之官也。《左傳・桓公元年》：「上思利民忠也，祝史正辭信也。」

〔3〕六變云備：謂祭樂皆備。《周禮・春官・司樂》：「六變而致象，物及天神……若樂六變，則天神皆降，可得而禮矣。」

〔4〕百禮斯浹：《詩・小雅・賓之初筵》：「烝衎烈祖，以洽百禮」。注云：「洽，浹也，猶，言徧也。」

〔5〕祀事孔明：《詩・小雅・信南山》：「是烝是享，苾苾芬芬，祀事孔明。」箋云：「既有牲物，而進獻之。」苾苾芬芬，燃香祀禮於是，則甚明也。

〔6〕萬葉：萬葉，萬代。《晉書・武帝紀》：「見土地之廣，謂萬葉而無虞。」《隋書・薛道衡傳》：「叶千齡之旦暮，當萬葉之一朝。」》《文選・顏延之三月三日曲水詩序》：招世貽統、固萬葉而爲量者也。」注：「濟曰：「葉，代也，使堅萬代，而成乎大道也。」

〔7〕叶，協之古字。《說文》：「協，眾之同和也。叶，古文協，从口十。」《集韻》：「協，或从口。」

【箋】

《舊唐書・音樂志》卷四：「開元十一年玄宗祀昊天於圜丘樂章十一首中正有此首。」此道即其一。

二十一、奉和聖製龍池篇

天啟神龍生碧泉，泉水靈源浸迤延。飛龍已向珠潭出，積水仍將銀漢連。岸傍花柳看勝盡，浦上樓臺問是仙。我有元符從此得，方為萬歲壽圖川。

【校】

1. 天啓神龍：祠堂本作神龍天啓。
2. 泉水：祠堂本作泉注。
3. 飛龍北向珠潭出：祠堂本作龍向珠潭飛已出。
4. 積水仍將銀漢連：祠堂本作池通銀漢漬仍連。
5. 勝盡：祠堂本全唐詩、四庫本、全唐詩稿本、揚州詩局本全唐詩，皆作勝畫。

6. 我有：湛刊本、白口本、成化本作我后，嘉靖本同此本作我有。

【註釋】

〔1〕龍池篇：《明皇雜錄》：「拾遺蔡孚進龍池篇上爲八分書賜岐王，王因製龍池曲，以其篇爲樂章。」龍池，唐時池名，亦曰隆慶池，當在今陝西省長安縣東南。沈佺期〈龍池篇〉：龍池躍龍龍已飛。」註：「明皇爲諸王時，故宅在隆慶坊，宅有井，井溢成池。中宗時，數有雲龍之祥，後引龍首偃水注池中，池面遂廣，即龍池也。」《長安志》：「龍池本平地，初成小池，後引龍首渠分溉之，日以滋廣，成見黃龍出其中，因謂之龍池。」

〔2〕飛龍：《易・乾・九五爻辭》：「飛龍在天。」疏：「猶聖人之在位也。」

〔3〕元符：大「祥瑞」也，轉喻天子之位。揚雄〈長楊賦〉：「方將俟元符以禪梁父之基，增泰山之高，延光于將來，比榮采往號。」註：「善曰：晉灼曰：元符，大瑞也。良曰：元，大也，俟待大瑞之符也」。

【箋】

《唐會要》卷二二龍池壇條：「開元二年六月四日，右拾遺蔡孚獻龍池篇・集王公卿士以下一百三十篇。」

二十二、南郊太尉酌獻武舞作凱安之樂

馨香惟后德，明命光天保。肅祀崇聖靈，陳信表皇道。玉戚初蹈厲，金匏既靜好。介福何穰穰，精誠格穹昊。

【校】

1. 玉戚：白口本作王戚。案：玉戚：《禮記・明堂位》：「朱千玉戚，晏而舞大武。」則玉戚爲是。
2. 蹈厲：祠堂本、李補本作蹈屬。案：以蹈厲爲是。此本與揚州詩局本同

【註釋】

〔1〕太尉：官名，秦置，漢因之，專掌武事，位等丞相，武帝改爲大司馬，光武復名太尉，居三公之首，歷代相承。

〔2〕武舞：《書・大禹謨》：「舞干羽于兩階。」疏：「明堂位云：朱千玉戚，以舞大武。戚，斧也，是武舞執斧執楯。」《唐書・禮樂志》：「雲門，大咸，大磬，大夏，古文舞也。大護，大武，古文舞也。」

〔3〕凱安之樂：《唐書・禮樂志》：「初隋有文舞，武舞，至祖孝孫定樂，更文

舞曰治康，武舞曰凱安，郊廟朝會同用之。」

〔4〕馨香惟后德：《書・君陳》：「我聞曰：至治馨香，感于神明，黍稷非馨，明德惟馨。」傳：「所聞上古聖賢之言，政治之至者，芬芳馨氣，動於神明，所謂芬芳，非黍稷之氣，乃明德之馨，勵之以德。」

〔5〕明命光天保：明命：休命，天命。《書・太甲上》：「先王顧諟天之明命，以承上下神祇。」《詩・小雅・天保》：「天保定爾，亦孔之固。」箋：「保，安也。」

〔6〕皇道：古帝王之道。《後漢書・蔡邕傳》：「皇道惟融，帝猷顯丕。」

〔7〕玉戚：《禮・明堂位》：「季夏六月，以禘禮祀周公于太廟，朱干玉戚，冕而舞大武。」注：「戚，斧也。」《漢書・揚雄傳》：蚩尤之倫，帶干將而東，玉戚亡兮……。」注：「張晏曰：玉戚：以玉爲戚秘也。」

〔8〕蹈厲：《禮・樂記》：「發揚蹈厲之已蚤，何也。」疏：「初舞之時，手足發揚，蹈地而猛厲。」

〔9〕金匏：八音之一。匏，笙也。《周禮・春官・大師》：「播之以八音，金、石、土、革、絲、木、匏、竹。」注：「匏，笙也。」

〔10〕介福何穰穰：《易・晉》：「受茲介福于其王母。」注：「介，大也。」《詩・小雅・信南山》：「報以介福」。《爾雅・釋訓》：「穰穰，福也。」注：「言饒多。」《詩・商頌・烈祖》：自天降康，豐年穰穰。

〔11〕精誠格穹昊：《莊子・漁父》：「客曰：眞者精誠之至也，不精不誠，不能動人。」格，通也。《書・說命下》：「格于皇天。」穹昊，天穹窮極，謂天之高大也。

【箋】

《舊唐書・音樂志》：「開元十一年，玄宗祀昊天於圜丘」樂章十一首中正有此首。

二十三、奉和聖製送尚書燕國公赴朔方

宗臣書有征，廟算在休兵，天與三台座，人當萬里城。朔南方偃革，河北暫揚旌。寵錫從仙禁，光華出漢京。山川勤遠略，原隰軫皇情。為奏薰琴唱，仍題寶劍名。聞風六郡勇，計日五戎平。山甫歸應疾，留侯功復成。歌鐘旋可望，枕席豈難行。四牡何時入，吾君憶履聲。

【校】

1. 詩題：英華本作奉和聖製送張尚書巡邊。
2. 廟算：英華本、四庫本、嘉靖本、白口本同此本作廟筭。案：算與筭通。
3. 河北：英華本、四庫本、全唐詩、全唐詩稿本作河右。嘉靖、白口本與此本作河北。
4. 蹔揚旌：全唐詩、四庫本作暫。案：蹔、暫同。
5. 爲奏薰琴唱：英華本作爲動薰琴唱。案：於義以爲奏薰琴唱爲勝。
6. 郡勇：四庫本、全唐詩、全唐詩稿本作郡伏。案：於義以郡伏爲是。
7. 歌鐘：祠堂本、嘉靖本、全唐詩稿本作鐘。案：以歌鐘爲是，當改，各本誤。
8. 枕席：全唐詩作衽席。全唐詩稿本作袵席。案：衽，袵同，《大戴禮・主言》：「其征也，袵席之上還師。」

【註釋】

〔1〕燕國公：張說，唐洛陽人，字道濟，又說之，謚文貞，永昌中舉賢良方正，官校書郎，中書令，封燕國公。

〔2〕宗臣：《漢書・蕭何曹參傳贊》：「聲施後世，爲一代宗臣。」注：「言爲後世之所宗仰，故曰忠臣也。」

〔3〕廟算在休兵：《孫子・始計》：「夫未戰而廟算，勝者得算多也，未戰而廟算，不勝者得算少也。」注：「張預曰：『古者興師命將，必致齋於廟，授以成算，然後遣之。』故謂之廟算。」

〔4〕三台座：《後漢書・劉元傳》：「三公在天爲三台。」

〔5〕偃革：若甲休兵也。《史記・高祖本紀》：「殷事已畢，武王偃革爲軒。」

〔6〕仙禁：官禁也。李頻詩：「仙禁何人躡近蹤，孔門先選得眞龍。」徐寅〈宮鶯詩〉：「閒棲仙禁日邊柳，飢啄御園天上花。」

〔7〕原隰：《詩・小雅・皇皇者華》：「于彼原隰。」傳：「高平曰原，下濕曰隰。」喻天下人民萬物也。

〔8〕仍題寶劍名：《玉海》曰：「漢章帝賜韓稜寶劍，自手書其名，故曰題名也。」案：燕國公張說時官尚書，故有此語。

〔9〕六郡：《漢書・趙充國傳》：「始爲騎士，以六郡良家子善騎射，補羽林。」注：「服虔曰：金城，隴西，天水，安定、北地、上郡是也。」

〔10〕玉戎平：平定各夷。《周禮・夏官・職方氏》：「掌四夷八蠻，七閩，九貉，

玉戎六狄之民。」注：「鄭司農云：四方曰戎，玄謂五周之所，服國數也。」

〔11〕山甫應歸疾：仲山甫，魯獻公仲子，姬姓，仕周爲卿士，佐宣王，成中興之治，食采於樊，爵爲侯，卒謚穆，尹吉甫嘗作烝民之詩以美之。此借《詩．大雅．烝民》：「仲山甫徂齊，式遄其歸。」之語意以喻燕公也。

〔12〕留侯功復成。《史記．留侯世家》：「高祖定天下，使張良自擇齊三萬戶，良曰：臣始起下邳，與上會留，願封留足矣，乃封留侯。」

〔13〕歌鐘：鐘名，《左傳．襄公十一年》：「歌鐘二肆。」疏：「歌鐘者，歌必先金奏；故鐘以歌名之。」《晉語》孔晁注：「歌鐘，鐘以節歌也。」此指燕國公子之凱歌也。

〔14〕枕席：枕席過師也，《漢書．趙充國傳》：「治湟陿中道橋，令可至鮮水，以制西或，信威千重從枕席上過師。」注：「鄭氏曰：橋成，軍行安易，苦於枕席上過也。」

〔15〕四牡：《詩．小雅．四牡》：「四牡騑騑，周道倭遲，豈不懷歸，王事靡盬，我心傷悲。」集傳：「四牡，車之四馬。」序：「四牡，勞使臣之來也。有功而見，知則說矣。」

〔16〕憶履聲：《漢書．鄭崇傳》：「鄭崇爲尚書僕射，每見曳革履，上笑曰：我識鄭尚書履聲。」此以喻燕公之寵過也。

【箋】

《通鑑》卷二一二云：「開元十年夏四月己亥，以張說兼知朔方軍節度使，閏五月壬申，張說如朔方巡邊。」

二十四、奉和聖製途經華山

萬乘華山下，千岩雲漢中。靈居雖窔密，睿覽忽玄同。日月臨高掌，神仙仰大風。攢峰勢岌岌，翊輦氣雄雄。揆物知幽贊，銘勳表聖衷。會應陪檢玉，來此告成功。

【校】

1. 詩題：英華本作奉和途經華嶽應制
2. 千巖：此本同祠堂本、李補本、白口本、嘉靖本、四庫本、英華本、全唐詩、全唐詩稿本作千巖。一本作千岩。案：岩：巖相通。
3. 靈居：英華本作靈宮，當改。居與下句覽字詞性對偶，於義爲勝。

4. 突密：祠堂本、全唐詩、全唐詩稿本作窅密。英華本作奧密。案：窅密：深遠貌。於義爲是。
5. 陪檢玉：祠堂本、四庫本、湛刊本、李補本、英華本、白口本，成化本，全唐詩、全唐詩稿本作撿玉。案：撿、檢通。
6. 雄雄：英華本作熊熊。案：雄雄，盛勢也。熊熊：光氣炎盛相焜耀之貌。雄雄、熊熊，聲同類也。

【註釋】

〔1〕華山：在陜西省華陰縣南，亦曰太華山，世以爲五嶽中之西嶽。

〔2〕睿覽：天子親覽。

〔3〕玄同：玄道和同。老子五十六：和其光，同其塵是謂玄同。

〔4〕大風：賡雅：猛風，大風也。大風，仙人之馭而行也。莊子逍遙遊：列子馭風而行。

〔5〕攢峰：疊峰之聳。孔稚珪〈北山移文〉：「列壑爭譏，攢峰竦誚。」《廣雅・釋訓》：「岌岌：高也。」《楚辭・離騷》：「高余冠之岌岌兮。」

〔6〕翊輦：翼輦也。翊，啓，借爲翼，輔也，佐也。《一切經音義》：「古者卿大夫亦乘輦，自漢以來天子乘之。」

〔7〕幽贊：《易・說卦》：「昔者聖人之作易也；幽贊於神明而生蓍。」注：「幽：深也。」贊：「明也。」疏：「幽者隱而難見，故訓爲深也。贊者佐而助成，而令微者得著，故訓爲明也。」

〔8〕銘勳：銘其功勳也。張衡〈東京賦〉：「銘勳彝，歷世彌光。」注：「綜曰：勳，功也。銘，勒也。」

〔9〕檢玉：《漢官儀》：「武帝封泰山，尚書令奉玉牒，檢帝封以寸三分璽。」《南史・袁淑傳》：「淑累遷尚書吏部郎，其秋大舉北侵，從容曰金常席捲趙魏，撿玉岱宗，願上封禪書一篇。」案：撿玉有立功執玉圭以會見天子之意。

二十五、奉和聖製早登太行山率爾言志

孟月攝提貞，乘時我后征。晨嚴九折度，暮戒六軍行。日御馳中道，風師卷太清。戈鋋林表出，組練雪間明。動植希皇豫，高深奉睿情。陪遊七聖列，望幸百神迎。氣色煙猶喜，恩光草尚榮。之罘稱萬歲，今此復同聲。

【校】

1. 詩題：英華本作眾和早登太行山中言志應制。
2. 暮戒：英華本作慕戒。案：晨與暮對襯，宜以暮爲是。
3. 戈鋋：祠堂本，李補本作戈鋋。案：《文選》：「立戎意野，戈鋋慧雲。」以戈鋋爲是。
4. 奉睿情：祠堂本，嘉靖本，成化本作奏睿情。
5. 之罘：嘉靖本，南雄本，白口本、四庫本、全唐詩、全唐詩稿本，英華本同此本作之罘。案：之罘：山名。一本作罜，罜爲形誤。

【註釋】

〔1〕太行山：《讀史方輿紀要・河南名山》：「太行山一名五行山、亦曰王母山、又名女媧山，在懷慶府北二十里，接山西澤州南界、羊腸險道在焉。」

〔2〕率爾：輕遽之貌。《論語・先進》：「子路率爾而對。」

〔3〕孟月攝提貞：孟陬之月，曆書注正月爲孟陬。貞：卜問也，《周禮・春宮大卜》：「凡國大貞。」注引鄭司農云：「貞，問也，國有大疑問於著龜。」《楚辭・離騷》：「攝提貞孟陬兮。」注：「太歲在寅曰攝提格。」

〔4〕九折：《文選》：「紆餘，曲折也。」《文選》應瑒〈別詩〉：「備浩浩長江水，九折東北流。」

〔5〕六軍：天子之軍七萬五千人。《周禮・夏官・大士馬》：「月制軍，萬有二千五百人爲軍，王六軍、大國三軍、次國二軍、小國一軍。」

〔6〕日御：官名，典歷數者也。《左傳・桓公十七年》：「天子有日官、諸侯有日御。」《漢書・律歷志》：「日御不失日，以授百官於朝，言告朔。」

〔7〕風師：亦稱風伯。《風俗通義・祀典篇》云：「周禮風師者箕星也，箕主簸揚，能致風氣，養成萬物，有功於人，王者祀以報功也。」

〔8〕戈鋋：《說文》：「戈：平頭戟也。鋋：小矛也。」《方言》：「矛：吳揚江淮南楚五湖之間或謂之鋋。」

〔9〕組練：組甲及被練。《左傳・襄公三年》：「組甲三百、複練三千。」《文選》謝朓〈和伏武昌登孫權故城師〉：「北拒溺驂鑣，西龕收組練。」注：「良曰：組練皆甲也。」

〔10〕動植希皇豫：動植：薛道衡〈隋高頌〉：「道洽幽顯，仁霑動植。」皇豫猶王豫。《玉篇》：「豫，佚也。」《詩・小雅・白駒》：「逸豫無期。」傳：「逸樂。」《書・金藤》：「王有疾弗豫。」傳：「不悅豫。」

〔11〕睿情：《文選》江淹〈雜體侍宴詩〉：「禮登佇睿情，樂闋延皇眄。」注：「良曰：故延佇天子之情而顧眄。」

〔12〕七聖：謂黃帝、元女、文王、周公、孔子、天老、董仲舒等七聖。見《協紀辨方書・辨・上古七聖》。

〔13〕之罘：山名，亦作芝罘，俗稱芝罘島，在山東省福山縣東北境。秦始皇二十九年登之罘刻石，漢武帝太始三年登之罘均此，《漢書・武帝紀》：「太始三年，東海登之罘。」

二十六、奉和聖製登封禮畢洛城酺宴

大君畢能事，端扆樂成功。運與千齡合，懽將萬國同。漢酺歌聖酒，韶樂舞薰風。河洛榮光遍，雲煙喜氣通。春華頓覺早，天澤倍加崇。草木皆沾被，猶言不在躬。

【校】

1. 詩題：英華本作奉和登封禪禮畢洛陽酺宴應制。
2. 懽：全唐詩、全唐詩稿本、英華本作歡。案：歡、懽相通。
3. 春華：英華本作春花。案：春華即春花，春日之花。
4. 頻覺早：此本同嘉靖本、英華本作一本作頓覺早，非。
5. 倍加崇：全唐詩、全唐詩稿本、四庫本、英華本作倍知崇。案：於義倍知崇爲是。
6. 沾被：英華本作霑被。案：沾與霑通。

【註釋】

〔1〕登封：已見前七首註 2。

〔2〕酺宴：已見前一首註 2。

〔3〕大君：天子也。《易・師》：「大君有命，以正功也。」《易・履》：「武人爲于大君。」

〔4〕端扆：端，正也。《禮・祭義》：「以端其位。」扆，《說文》：「戶牖之間也」。《論衡・書虛》：「戶牖之間曰扆，南面之坐位也」。《論語・雍也》注：「南面者，人君聽治之位。」

〔5〕運與千齡合：謂機會難及也。王羲之〈與會稽箋〉：「遇千載一時之運。」

〔6〕韶樂舞薰風：韶：虞舜樂也。《禮・樂記》：「昔者舜作五絃之琴，以歌南

風。」鄭注：「南風長養之風也，言父母之長養已，其辭未聞。」疏：「按聖証論引尸子及家語難鄭云：昔者舜彈五絃之琴，其辭曰：南風之薰兮，可以解吾民之慍兮。南風之時兮，可以解吾民之財兮。」

〔7〕河洛榮光遍：榮光遍謂世出帝王也，河洛謂黃河與洛水也。《史記・封禪書》：「昔三代之君，皆在河洛之間。」

二十七、奉和聖製經函谷關作

函谷雖云險，黃河復已清。聖心無所隔，空此置關城。

【校】

1. 黃河復已清：全唐詩、全唐詩稿本作已復清。

【註釋】

〔1〕函谷關：戰國時秦置，在今河南省靈寶縣西南，東自崤，西至潼汕，大山中裂，絕壁千仞，有路如槽，深險如函故名。其中東西十五里，絕崖壁立，岸上柏林蔭谷中，殆不見日，關去長安四百里。漢武帝元鼎三年，徙函谷關於新安，在今河南省鐵門縣東北，關去故關三百里。

〔2〕黃河復已清：《文選》李康〈運命論〉：「黃河清而聖人生。」注：「黃河千年一清，清則聖人生於時也。」

二十八、奉和聖製渡潼關口號

隱嶙故城壘，荒涼空戍樓。在德不在險，方知王道休。

【校】

1. 隱嶙：全唐詩、全唐詩稿本作嶙嶙。案：隱嶙：絕起貌。嶙嶙：起伏不平貌。由「在德不在險」則以隱嶙爲是。

【註釋】

〔1〕潼關：關名，在陝西省畜關縣，縣以關名，古爲桃林塞。《通典・州郡・雍州》：「華陰郡，潼縣，左傳所謂桃塞是也。本名衝關，河自龍門南流，衝激華山東，故以爲名。東漢置潼關，故址在今潼關縣東南、隋時北移四里，即今縣治，地當黃河之曲，據崤函之故，扼秦晉豫三省之衝，關城雄踞山腰，下臨黃河，素稱險要。」

〔2〕口號：謂隋口所號呼，猶口占。詩題有口號，始於梁簡文〈和衛尉新渝侯

巡城作〉。至唐遂襲用之。梁簡文帝〈和衛尉新渝侯巡城口號〉:「帝京風雨中，層闕烟霞浮。」

〔3〕隱嶙：山峰高峻絕起貌。《文選》潘岳〈西征賦〉:「裁岐崿以隱嶙。」

〔4〕在德不在險：《史記・吳起傳》:「魏武侯浮西河而下，中流顧謂起曰：美哉山河之固，北魏國之寶也。起對曰：在德不在險。」

〔5〕王道林：《詩・大雅・江漢》:「對揚王休。」《爾雅・釋詁》:「休：美也。」《集韻》:「休：善也。」

二十九、奉和吏部崔尚書雨後大明朝堂望南山

迢遰終南頂，朝朝閶闔前。竭來青綺外，高在翠微先，雙鳳褰為闕，群龍儼若仙。還知到玄圃，更是謁甘泉。夜雨塵初滅，秋空月正懸。詭容紛入望，霽色宛成妍。東極華陰踐，西彌嶓冢連。奔峰出嶺外，瀑水落雲邊。漢帝宮將苑，商君陌與阡。林間鋪近甸，煙靄遶晴川。既庶仁斯及，分憂政已宣。山公啟事罷，吉甫頌聲傳。濟濟金門步，洋洋玉樹篇，徒歌雖有屬，清越豈同年。

【校】

1. 迢遰：全唐詩、祠堂本、全唐詩稿本作迢遞。案：遰爲遞之俗字。
2. 玄圃：祠堂本、李補本作玄補。案：玄圃，相傳爲仙人所居之地，宜以玄圃爲是。
3. 宮將苑：祠庫本、嘉靖本、李補本、全唐詩、全唐詩稿本、南本、白口本與此本同。案一本作宮將菀，苑與菀通。
4. 林間：全唐詩、全唐詩稿本、白口本，作林華。案：林華，指林木散出之光華。

【註釋】

〔1〕吏部：官署名，爲舊制六部之一，掌京外文職，銓敘勳階黜陟之政，本《周禮》天官之職，漢成帝初置尚書，有常侍曹，東漢改爲吏曹，後又改爲選部，魏晉以來皆稱吏部，唐天寶間改爲文部，尋仍復舊。

〔2〕崔尚書：指崔日用，開元初曾以與討太平公主有功，進吏部尚書。案：《唐僕尚丞郎表》卷三〈吏尚通表〉:「自神龍三年，九齡入仕以終開元朝，崔氏爲吏部尚書者惟日用一人。」

〔3〕朝堂：朝廷政事堂。《後漢書・明帝紀》：「公卿百官，以帝威德懷遠，祥物顯應，乃站集朝堂，奉觴上壽。」

〔4〕南山：終南山亦稱南山，即秦嶺，主峰在長安縣南。

〔5〕閶闔：宮門，《文選》張衡〈西京賦〉：「正紫宮於未央，表嶢闕於閶闔。」注：「綜曰：天有紫微宮，王者象之，紫微宮內名曰閶闔。善曰：未央宮一名紫微宮。」

〔6〕朅來：發語辭，《正字通》：「朅，發語辭、朅來猶聿來，今詩家以朅來爲去來。」

〔7〕翠微：見前詩。

〔8〕群龍：謂天子及皇屬也。李康〈運命論〉：「群龍見而聖人用。」

〔9〕玄圃：昆崙山上仙人居所，同縣圃。《淮南子・覽冥訓》：「昆崙去地一萬一千里，上有曾城九重，或上倍之，是謂閬風，或上倍之，是謂玄圃。」

〔10〕甘泉：在陝西省淳北縣西北，山有泉，味甘美。《史記・封禪書》：「黃帝接萬靈明庭，明庭者甘泉也。上有漢甘泉宮。」

〔11〕華陰：《文選》張衡〈思玄賦〉：「亂弱水之潺兮，逗華陰之湍渚。」注：「張曰：華，太華山也，山北日陰。」

〔12〕嶓冢：《書・禹貢》：「番冢道漾。」鄭注：「嶓冢山在漢陽西。」《水經・漾水注》：「漢中記曰：番冢以東水皆東流，嶓冢以西水皆西流，故俗以嶓冢爲分水嶺。」

〔13〕漢帝宮將菀：菀通苑。《管子・水池》：「地者萬物之本，原諸生生根苑也。」注：「苑，囿城也，指漢時之宮苑。」

〔14〕商君陌與阡：商君、衛鞅。《史記・秦本紀》：「衛鞅說孝公……爲田開阡陌。」

〔15〕近甸：甸，天子五百里內田。《書・禹貢》：「規方千里之內謂之甸服，爲天子服治田，去王城面五百里內。」

〔16〕既庶仁斯及：《詩・大雅・卷阿》：「君子之車，既庶且多。」序：「康公戒成王也，求賢用吉士也。」《詩・大雅・公劉》：「于胥斯原，既庶既繁。」序：成王將泣政戒以民事，美公劉之厚於民而獻是詩也。

〔17〕分憂政已宣：《晉書・宣帝紀》：「吾於庶事日以夜繼，晝無須庾寧息，此非以爲寧，乃分憂耳。」

〔18〕山公啓事：《晉書・山濤傳》：「濤再居選職，十有餘年，每一官缺，輒啓

擬數人，詔育有所白，然後顯奏。隨帝意所欲爲先，故帝之所用，或非舉首，眾情不察，以濤輕重任意，或譖之於帝，故帝手詔戒濤曰：『夫用人惟才，不遺疏遠卑賤，天下便化矣』而濤行之自若，一年之後，眾情乃寢，濤所奏甄拔人物，各爲題目，時稱山公啓事。」

〔19〕吉甫頌聲傳：《詩經・大雅・烝民篇》小序：「烝民，尹吉甫美宣王也，任賢使能，周室中興焉。」

〔20〕濟濟金門步：濟濟、眾盛貌。《書・大禹謨》：「濟濟有象。」《禮・玉藻》：「朝廷濟濟翔。」《詩・小雅・文王》：「濟濟多士，文王以寧。」金馬門，漢宮門名，亦曰金門，在未央宮。武帝得大宛馬，以銅鑄像，立於署門，因以爲名。

〔21〕玉樹篇：喻人之風采高潔也。《晉書・謝玄傳》：「玄曰：『白如芝蘭玉樹，欲使生于庭階爾。』」

〔22〕徒歌：《爾雅・釋樂》：「徒吹謂之和，徒歌謂之謠。」《晉書・樂志》：「子夜諸曲，始皆徒歌，既而被之絃管。」

〔23〕清越豈同年：《禮・聘義》：「叩之其聲清越以長，其終詘然樂也。」注：「越，揚也。」《漢書・陳勝傳贊》：「試使山東之國與陳涉度長絜大，比權量力，不可同年而語矣。」意謂此樂之美豈可同年而語之。

三十、和黃門盧監望秦始皇陵

秦帝始求仙，驪山何遽卜。中年既無效，茲地所宜復。徒役如雷奔，珎怪亦雲蓄。黔首無寄命，赭衣相馳逐。人怨神亦怒，身死宗遂覆。土崩失天下，龍鬥入函谷。國為項籍屠，君同華元戮。始掘既由楚，終焚乃因牧。上宰議揚賢，中阿感桓速。一聞過秦論，載懷空杼軸。

【校】

1. 詩題：南雄本作和黃門盧監望秦始陵。案：南雄本漏皇字。
2. 秦帝：南雄本作秦皇。
3. 無效：英華本作効。案：效、効通。
4. 珎怪：祠堂本、四庫本、全唐詩稿本、全唐詩作珍怪。嘉靖本、英華本作珍恠。案：珎爲珍之俗字。恠爲怪之俗字。
5. 相馳逐：全唐詩、全唐詩稿本，白口本作相追逐。案：馳逐，馳驅追逐。

見《史記》。追逐：行於其後也，見《後漢書》。

6. 揚賢：祠堂本、四庫本、英華本、李補本作楊賢。

【註釋】

〔1〕黃門盧監：黃門、官署名。秦漢以來，有黃門侍郎，給事黃門侍郎等官，居禁中給事。《通典・職官典》：「凡禁門黃闥，故號黃門，其官給事於黃闥之內，故曰黃門侍郎，晉時為門下省，唐開元間改為黃門省，尋復舊。」監、官名。盧監即盧懷慎，開元三年正月兼黃門監，唐滑州人，謚文成，開元初進同紫微進黃門平章事、黃門監……。

〔2〕秦始皇陵：《史記・秦始皇本紀》：「九月葬始皇酈山，始皇初即位，穿治驪山及并天下，天下徒送詣七十餘萬人，穿三泉，下銅而致椁，宮觀百官，奇器珍怪，徙藏滿之，今匠作機弩矢有所穿近者，輒射之，以水銀為百川，江河大海，機相灌輸，上具天文，下具地理，以人魚膏為燭，度不滅者久之云云，葬既已下，或言工匠為機，藏皆知之，藏重即泄，大事畢，已藏，閉中羨，不外羨門，盡閉工匠藏者，無復出者，樹草木以象山。」《括地志》云：「秦始皇陵在雍州新豐縣西南十里。」

〔3〕求仙：《史記・秦始皇紀》：「徐市齊人，上書言海中有三神仙，名曰蓬萊、方丈、瀛州仙人居正請得齋戒與童男女求之，於是遣市與童男女數千人入海求神僊。」又《始皇紀》：「因使韓終候公石生求僊人不死之藥。」

〔4〕驪山：陝西省臨潼縣東南，與藍田縣藍田山相連，亦作麗山，又曰驪戎之山，古驪戎居此山，因名，周幽王時，犬戎入寇，殺王於此山之下，秦始皇嘗作閣道至此山，始皇死，即葬此，山下有溫泉，唐明皇就置華清宮即太真洛處。

〔5〕寄命：《文選》劉峻〈廣絕交論〉：「流離大海之南，寄命瘴癘之地。」

〔6〕赭衣相馳逐：謂天下徒送七十餘萬之修陵者。赭：赤色也，罪人之服。《尚書大傳》：「唐虞之刑，赭衣不純。」《漢書・刑法志》：「赭衣塞路。」

〔7〕龍鬬：謂劉邦項羽之相爭。《漢書・彭越傳》：「兩龍方鬪，且待之。」

〔8〕國為項籍屠：《史記・秦始皇紀》：「二世三年，諸侯兵至，項籍為從長，殺子嬰及秦諸子宗族，遂屠咸陽。」

〔9〕君同華元戮：以華元事喻殺子嬰及諸公子。《左傳・文公十六年》：「華元為右師，……宋人弒其君杵臼。」華元，春秋宋人，督之曾孫，歷事文公諸君。

〔10〕始掘既由楚，終焚乃因牧：《史記・項羽本紀》：「四年，漢王數項王曰：項羽燒秦宮室，掘秦始皇帝冢，私收其財物、罪皿。」牧：謂牧火也。

〔11〕上宰議揚賢：謂朝中居宰相之職者，應引用賢人，此譏趙高之輩，未罢盡宰職。上宰：宰相之尊稱。《周禮・天官序》：「乃立天官冢宰而掌邦治，亦稱太宰。」鄭玄云：「百官總焉，則謂之總，列職于王，則稱大、冢、大之上也。」

〔12〕中阿感桓速：中阿，《詩・小雅・菁菁者莪》：「菁菁者我，在彼中阿。」小序：「菁菁者莪，樂育英才也。君子能長育人才則天下善樂之矣。」此謂恒感始皇之不育英才，故速其亡也。下謂〈過秦論〉以證其過也。

〔13〕載懷空杼軸：《法言・先知》：「田畝荒，杼軸空。」陸機〈文賦〉：「雖杼軸於予懷，怵他人之我先。」

三十一、蘇侍郎紫微庭各賦一物得芍藥

仙禁生紅藥，微芳不自持。幸因清切地，還遇豔陽時。名見桐君錄，香聞鄭國詩。孤根若可用，非直愛華滋。

【校】

1. 詩題：白口本、全唐詩、全唐詩稿本作蘇侍郎紫薇庭各賦一物得芍藥。案：紫微與紫薇通。
2. 桐君錄：全唐詩、全唐詩稿本作桐君籙。案：錄與籙通。

【註釋】

〔1〕侍郎：官名，秦漢有黃門侍郎，唐有門下侍郎、中書侍郎。

〔2〕芍藥：植物名，毛茛科，多年生草本，莖高二三尺，葉爲複葉，各小葉多深裂爲三片，初夏開花，有單瓣複瓣，白色、紅色數種。外圍花被之內面，常分泌蜜汁，誘致蟻類，以防害蟲，果實爲蓇葖，根供藥用，亦作芍藥，又名將離，婪尾春，沒骨花等。

〔3〕桐君錄：桐君，人名，朝代姓氏不詳，嘗採藥求道，止於今浙江省桐盧縣之東山，偎桐樹下或問其姓名，則指桐示之，世因名其人曰桐君。

〔4〕香聞鄭國詩：《詩・國風・溱洧》：「維士與女，伊其相謔，贈之以芍藥。」詩出于鄭故云。

〔5〕孤根若可用：若：猶也，如也。《書・大誥》：「若考作實。」《書・盤庚》：

「若網在綱。」芍藥之根入藥故云可用。

三十二、和崔黃門寓直夜聽蟬之作

蟬嘶玉樹枝，向夕惠風吹。幸入連宵聽，應緣飲露知。思深秋欲近，聲靜夜相宜。不是黃金飾，清香徒爾為。

【校】

1. 惠風：英華本作蕙風。案：惠與蕙通。惠風，和風也。
2. 連宵聽：祠堂本，白口本，嘉靖本、四庫本、全唐詩、全唐詩稿本與此本同。獨英華本作連雲閣。案：霄爲宵之假借。誤，當改。連宵聽與下句飲露知對仗合理。
3. 思深秋：英華本作秋深聞。

【註釋】

〔1〕黃門：官署名，秦漢以來有黃門侍郎，給事黃門侍郎等官，居禁中給事，晉時置爲門下省，唐開元間又改門下省爲黃門省，尋復舊。《通典・職官典》：「凡禁門黃闥，故號黃門，其官給事，於黃闥之內，故曰黃門侍郎。」

〔2〕寓直：値宿也。《文選》潘岳〈秋興賦〉：「寓直於散騎之省。」

〔3〕玉樹：仙木也。《駢雅・釋木》：「玉樹似槐而細葉。」《文選》江淹〈從冠軍建平王登廬山香爐峰詩〉：「玉樹信蔥青。」

〔4〕惠風：和風也。王羲之〈蘭亭序〉：「惠風和暢。」

〔5〕飲露：《莊子・逍遙遊》：「託風露以清虛，不食五穀，吸風飲露。」

三十三、和姚令公從幸溫湯喜雪

萬乘飛黃馬，千金狐白裘。正逢銀霰積，如向玉京遊。瑞色鋪馳道，花文拂綵旒。還聞吉甫頌，不共郢歌儔。

【校】

1. 如向玉京遊：祠堂本作宜向玉京遊。案：如向，喻瑞雪像是遊人般洒落玉京，於義爲是。

【註釋】

〔1〕溫湯：《本草・溫湯釋名》：「溫泉，沸泉。」《水經・濡水注》：「魏土地記曰：沮陽城東北六十里有大翮小翮山，山上神名大翮神，山屋東有溫湯水

口，其山在縣西二十里云云，右出溫湯，療治百病。」

〔2〕飛黃馬：《淮南子・覽冥訓》：「飛黃伏阜，飛黃，乘黃也，出西方，狀如狐背，上有角，壽千歲。」《文選》張協〈七命〉：「敇雲如軺驂飛黃。」注：「良曰：飛黃，神馬也。」

〔3〕狐白裘：《禮・玉藻》：「君衣狐白裘，錦衣以裼之。」《漢書・匡衡傳》注：「師古曰：狐白謂狐夜下之皮，其毛純白，集以爲裘，輕柔難得，故貴也。」《淮南子・說山訓》，狐白之裘天子被之。

〔4〕玉京：《道書》天上有黃金闕，白玉京爲天帝所居。葛洪〈枕中書〉：「玄都玉京七寶山，周圍九萬里，在大羅天之上。」《魏書・釋老志》：「道家之原，出於老子，其自言也。先天帝生，以資萬類，上處玉京，爲神王之宗。」

〔5〕綵旒：旒，《玉篇》：「旌旗垂者。」《禮・明堂》：「旂有十二旒。」釋文：「旒本作斿。」《文選》顏延之〈東駕幸京口三月三日侍遊曲阿後湖作〉：「彫雲麗琁蓋，祥飆被綵斿。」注：「善曰：斿，旌旗之旒也。濟曰：綵斿，旗名。」

〔6〕郢歌：楚歌，今謂曲不高者。《文選》宋玉〈對楚王問〉：「客有歌於郢中者，其始曰下里巴人，國中屬而和者數千人，其爲陽阿薤露，國中屬而和者數百人，其爲陽春白雪，國中屬而和者不過數十人，引商刻羽，雜以流徵，國中屬而和者不過數人而已。」

【箋】

《舊唐書・卷九六・元崇傳》云：「本名元崇：……突厥叱利元崇構逆，則天不欲元崇與之同名，乃改爲元之……遷紫微令，避開元尊號，又改名崇。唐硤石人，字元之，好學，倜儻尚氣節，武后時歷任夏官侍中，時朝廷嚴羅織，崇請以百口保內外百官無反者，頗多獲全，張東之等誅張昌宗、張易之，崇與其謀，玄宗講武新豐，密召崇，奏十事，即拜相，封梁國公。」

三十四、和秋夜望月憶韓席等諸侍郎因以投贈吏部侍郎李林甫

秋天碧雲夜，明月懸東方。皓皓庭際色，稍稍林下光。桂華澄遠近，璧綵散池塘。鴻鳳飛難度，關山曲易長。揆予秉孤直，虛薄忝文章。握鏡慙先照，持衡愧後行。多才眾君子，載筆久辭場。作賦推潘岳，題詩許謝康。當時陪宴語，今夕恨相忘。願欲接高論，清晨朝建章。

【校】

1. 詩題：祠堂本無林甫二字。
2. 韓席：四庫本作韓廣。
3. 文章：四庫本作文昌。

【註釋】

〔1〕李林甫：唐宗室，性柔佞狡黠，有權術，玄宗時，累拜刑部尚書，兼中書令，爲相十九年，厚結中人，固寵市權，天下皆爲仇敵，不久寇亂紛起，以憂卒。

〔2〕皓皓：潔白也。《詩．唐風．揚之水》：「揚之水，白石皓皓。」

〔3〕鴻鳳飛難度：《詩經．豳風．九罭》：「鴻飛遵渚，公歸無所。」

〔4〕關山曲易長：謂關與山也。〈木蘭辭〉：「萬里赴戎機，關山度若飛。」王勃〈滕王閣序〉：「關山難越，誰悲失路之人，萍水相逢，盡是他鄉之客。」

〔5〕持衡：喻評量人才，衡爲稱物輕重之器。朱休〈駕幸宣輝門觀試舉人賦〉：「帝載惟貞，垂範作程，有典有則，惟一惟精，重席表其彰善，持衡所以貴平，便便有司，能奉法而宣令，高高在位，更責實以循名，觀賢謂何，務於慎擇。」

〔6〕載筆：爲文事也。《南史．任昉傳》：「昉尤長載筆，頗慕傅亮，才思無窮，當時王公表奏，無不請焉。」

〔7〕作賦推潘岳：潘丘，字安仁，總角辯惠，擒藻清艷，長於研誄，才名冠也。《文選》有〈秋興賦〉、〈閑居賦〉、〈寡婦賦〉、〈西征賦〉、〈射雉賦〉、〈籍田賦〉等賦。

〔8〕題詩許謝康：謝靈運，南朝宋陽夏人，號玄孫，襲封康樂公，少博學工書畫，詩文縱橫俊發，獨步江左，爲狀形寫貌，山水詩的巨匠。

〔9〕建章：漢宮殿名。《漢書．武帝紀》：「太初元年，柏梁臺災，起建章宮。」《文選》班固〈西都賦〉：「掍建章而連外屬。」

三十五、和吏部侍郎見示秋夜望月憶諸侍郎之什其卒章有前後行之戲因命僕繼作

清秋發高興，涼月復閒宵。光逐露華滿，情因水鏡搖。同持亦所見，異路無相招。美景向空盡，歡言隨事銷。忽聽金華作，誠如玉律調。南宮尚為後，東觀何其遼。名數雖云隔，風期幸未遙。今來重餘論，懷此更終朝。

【校】

1. 閑霄：嘉靖本，全唐詩，全唐詩稿本，白口本俱同此本作閒宵。案：宵、霄通。閒、閑通。
2. 向空盡：南雄本作向空盛，案：向空盡對隋事銷，於義爲是。
3. 尙爲後：嘉靖本作向爲後。案：「尙」與下句「何」對襯，故以尙爲後爲是。

【註釋】

〔1〕李侍郎：見前三十四首註 1。

〔2〕水鏡：月之異名。《文選》謝莊〈月賦〉：「柔祇雪凝，圓靈水鏡。」潘岳〈炎月重輪賦〉：「環水境於丹霄。」

〔3〕金華作：《世說新語》：「劉尹與桓宣武共聽講論語，桓云：時有入心處，便覺咫尺玄門。劉云：此未關至極，自是金華殿之語。」注：「《漢書・敘傳》曰：「班伯少受詩於師丹大將軍，王鳳薦伯于成帝，時上方向學，鄭寬中、張禹朝夕入說《尙書》《論語》於金華殿，詔伯受之。」詩中用此，蓋喻文事也。

〔4〕玉律調：古樂律用竹或以玉，因名。《後漢書・律曆志》：「候氣之法，殿中候用玉律十二。」庾信〈三月三日華林園馬射賦〉：「玉律調鐘，金錞節鼓。」

〔5〕餘論：本論外之議論。《後漢書・孔融傳》：「乃使餘論遠聞，所以慙懼也。」司馬相如〈子虛賦〉：「問楚地之有無者，願聞大國之風烈，先生之餘論也。」

〔6〕終朝：《詩・小雅・采綠》：「終朝采綠。」傳：「自旦及食時爲終朝。」

三十六、和崔尚書喜雨

積陽雖有晦，經月未為災。上念人天重，先祈雲漢廻。仁心及草木，號令起風雷。照爛陰霞上，交紛瑞雨來。三辰破黍稷，四達屏氛埃。池溜因添滿，林芳為灑開。聽中聲滴瀝，空處影徘徊。惠澤成豐歲，昌言發上才。無論驗石皷，不是御雲臺。直頌皇恩浹，崇朝遍九垓。

【校】

1. 陰霞上：全唐詩、全唐詩稿本作止。案：陰霞止，瑞雨來，對仗工整，於義爲是。當改。
2. 雲漢廻：全唐詩作雲漢回。案：廻，回同。

3. 四達：嘉靖本作四逐，英華本作四遠。案：四達者，通達四方也。於義爲是。
4. 灑開：全唐詩、全唐詩稿本，嘉靖本，白口本作洒開。案：洒、灑同。
5. 空處：四庫本、英華本、全唐詩、全唐詩稿本作望處。
6. 石皷：全唐詩、全唐詩稿本、白口本、李補本、嘉靖本、祠堂本作石鼓。案：皷爲鼓之俗体字。
7. 三辰破：英華作三農被。
8. 直頌：各本同此本，惟英華本作直煩。案：頌，頌揚也。於義爲是。

【註釋】

〔1〕崔尚書：見前二十九箋。

〔2〕積陽雖有晦：《淮南子・天文訓》：「積陽熱氣生火，火氣之精者爲日。」《爾雅・釋言》：「晦：冥也。」

〔3〕三辰：見前第四首注。

〔4〕四達屏氛埃：拼除各處的塵埃、垢穢。四達：四方也。《淮南子・墜形訓》：「中央四達，風氣之所通、雨露之所會也。」氛埃：塵埃，垢穢也。《楚辭・遠遊》：「超氛埃而淑尤兮。」《後漢書・馬融傳》：「清氛埃，掃野場。」

〔5〕號令：《禮・月令・季秋之月》：「甲嚴號令。」按《國語・越語》：「乃號令於三軍。」注：「號：呼也。」

〔6〕昌言：美言、善言。《書・大禹謨》：「禹拜昌言曰俞。」蔡傳：「昌言，盛德之言。」

〔7〕石鼓：《漢書・五行志》：「成帝鴻嘉三年五月乙亥，天水冀南山大石鳴，声隆隆如雷，有頃止，聞平襄二十里壄雞皆鳴，石長三丈，廣厚略等，旁著岸脅，去地二百餘丈，民俗各曰石鼓。」《九域志》：「天欲雨，石鼓鳴。」

〔8〕雲臺：漢時台名，在南宮中，永平間明帝追念前世功臣畫鄧禹等二十八將像於此，台高于雲。故曰雲台。《後漢書・朱祐等傳論》：「于平中，顯宗追感前世功臣，乃圖畫二十八將於南宮雲台。」

〔9〕皇恩浹：《說文》：「洽也。」《文選》顏延之〈應詔觀北湖田牧詩〉：「溫渥浹與隸。」詩謂皇恩之渥厚也。

〔10〕九垓：《淮南子・道應》：「吾與汗漫，期于九垓之上。」注：「九垓，九天也。」《說文》引《國語》：「九垓八極也，而今作九垓，訓爲九州。」《漢書・司馬相如傳》：「上暢九垓，下泝八埏。」

三十七、和王司馬折梅寄京邑昆弟

離別念同嬉，方榮欲共持。獨攀南國樹，遙寄北風時。林暗迎春早，花愁去日遲。還聞折梅處，更有棣華詩。

【校】

1. 方榮：全唐詩，全唐詩稿本作芬榮。
2. 林暗：四庫本，白口本，全唐詩，全唐詩稿本作林惜。嘉靖本同此本作林暗。案：林暗與花愁對文，當從此本。

【注釋】

〔1〕司馬：司馬，官名，唐虞時已有，周制夏官大司馬為六卿之一，掌軍政，漢武帝元狩四年罷太尉，置大司馬以冠將軍之號，其後但稱大司馬，祿比丞相，位司徒上，後漢因之，旋改太尉，南北朝與大將軍並稱二大，位居三公之上，至隋廢，後世俗稱兵部尚書為大司馬，又《周禮・夏官》有軍司馬，輿司馬，行司馬等。春秋晉作三軍，軍置司馬，漢中尉屬官有司馬，又軍制，大將軍營五部，部各有軍司馬一人，魏晉至宋，歷代以司馬為軍府之官，如州刺史帶將軍，都督節度使之下多置之，隋唐兼為郡官。

〔2〕迎春：《禮・月令》：「迎春于東郊。」韋縝〈讀春令賦〉：「辯氣而金貂列位，迎春而玉輅迴輪。」

〔3〕折梅：《荊州記》：「陸凱自江南以梅花一枝寄長安與范曄贈以詩曰：『折梅逢驛使，寄與隴頭人，江南何所有，聊贈一枝春。』」沈佺期詩：「歲炬當然桂，春盤預折梅。」

〔4〕棣華：棠棣之華之略。《詩・小雅・棠棣》：「棠棣之華，鄂不韡韡，凡今之人，莫如兄弟。」注：「言致韡韡之盛，莫如親兄弟。」

三十八、和許給事直夜簡諸公

未央鍾漏晚，仙宇藹沉沉。武衛千廬合，巖扃萬戶深。左掖知天近，南窓見月臨。樹搖金掌露，庭徙玉樓陰。他日聞更直，中霄屬所欽。聲華大國寶，夙夜近臣心。逸興乘高閣，雄飛在禁林，寧思竊抃者，情發為知音。

【校】

1. 詩題：全唐詩，白口本，全唐詩稿本作和許給事中直夜簡諸公。案：全唐詩崔顥有〈奉和許給事直夜簡諸公〉一首，當非崔顥詩。

2. 鍾漏：四庫本，嘉靖本，白口本，李補本作鐘漏。案：鍾、鐘通。
3. 仙宇：英華本作僊宇。案：仙，僊通。
4. 千廬：嘉靖本作廬。案：廬與盧通。
5. 南窓：全唐詩、祠堂本作窗，四庫本作窻，英華本作軒。案：窓、窗、窻同。
6. 庭徙：英華作庭接。
7. 巖扃：一本本作嚴扃。案：扃形誤，當爲扃字。巖扃：巖扉也。
8. 中霄：祠堂本、全唐詩、全唐詩稿本，嘉靖本，四庫本，英華本作宵。案：霄、宵通。
9. 國寶：英華作國珤。案：珤爲寶之古字。
10. 抃者：祠堂本，成化本，李補本作忭。案：忭爲形誤。

【註釋】

〔1〕給事：給事中，官名，秦置爲加官，所加或大夫傳士議郎，掌顧問應對，曰上書朝謁及尚書奏事，分爲左右曹，以有事殿中，定爲門下之官，以省讀奏案，唐律因之隸門下省。

〔2〕簡諸公：《說文》：「簡：文諜也。」按：作動詞意致書簡也。

〔3〕未央鐘漏：未央宮報時之鐘漏聲也。未央：即未央宮，漢宮殿名，《史記・高祖本紀》：「蕭丞相營作未央宮。」徐陵〈答李離之書〉：「殘光炯炯，慮在昏明，餘息綿綿，待盡鐘漏。」

〔4〕仙宇藹沉沉：仙人所居之處，此指天子所居之處。江總〈玄圃石室銘〉：「仙嚴石榻，仙宇石牆。」《說文通訓定聲》：「藹：蕡也。」《爾雅・釋木》：「蕡、藹。」注：「樹實繁茂菴藹。」沉沉：深邃貌。《史記・陳涉世家》：「涉之爲王沈沈者。」集解引應劭曰：「宮室深邃之貌。」

〔5〕武衛千廬合：武衛，禁軍之稱。東漢末，曹操爲丞相有武衛營，及魏文帝乃置武衛將軍以主禁旅南北朝名稱不一，隋置左右武衛，唐宋因之。千廬：言多宿直所。張衡〈西京賦〉：「徼道外府，千廬內附。」

〔6〕左掖：謂門下省近季。宮城正門左方之小門。《宋書・天文志》：「魏文帝黃初三年，九月甲辰，客星是太微左掖門內。」

〔7〕南窓見月臨：梁武帝〈東飛伯勞歌〉：「南窓北牖挂明光。」唐明皇詩：「臺上冰花澈，窓中月影臨。」

〔8〕金掌露：《漢書・郊祀志》：「武帝作柏梁銅柱承露仙人掌之屬。」注引《三

輔故事》云：「建章宮承露盤高二十丈，大七圍，以銅爲之，上有仙人掌承露和玉屑飲之。」

〔9〕聲華大國寶：有美譽則有光采，故稱名譽爲聲華。《文選》任昉〈宣德皇后令〉：「客遊梁朝則聲華籍甚。」《左傳・隱公六年》：「親仁善鄰，國之寶也。」《荀子》：「身能行之國寶也。」

〔10〕夙夜近臣心：夙夜謂朝夕也。《書・堯典》：「夙夜惟寅。」傳：「夙：早也。言早夜敬思其職。」《詩經・召南・采蘩》：「被之僮僮，夙夜在公。」《禮・表記》：「近臣守和，宰正百官。」《管子・侈靡》：「兵不信，各用近臣。」《史記・萬石傳》：「上近臣所忠。」《漢書・鄭崇傳》：「君門如市，何以禁切入主，崇對曰：臣門如市，臣心如水。」

〔11〕雄飛在禁林：雄飛喻奮發有爲也。《後漢書・趙典傳》：「兄子溫初爲京兆郡丞，歎曰：「大丈夫當雄飛，安能雌伏，遂棄官去。」班固〈西都賦〉：「集禁林而屯聚。禁苑也。」按唐置翰林院，供奉內廷，玄宗別置學士院，後合併之，翰林院亦別稱禁林也。

〔12〕情發爲知音：《列子・湯問》：「伯牙鼓琴，志在高山，鍾子期曰：『峨峨然若泰山，志在流水，曰洋洋然，若江河。』子期死，伯牙絕絃，以無知音者。」

【箋】

《彙編唐詩》：「蔣云：不拘不滯，唐律之高者，唐云：李選曲江排律，極響極雅，鐘選極新極僻，若出二手。」

三十九、和裴侍中承恩拜掃旅轡途中有懷寄州縣官寮鄉園故親。

嵩嶽神惟降，汾川鼎氣雄。生才作霖雨，繼代有清通。天下稱賢相，朝端挹至公。自家來佐國，移孝入為忠。霜露多前感，丘園想舊風。扈巡過晉北，問俗到河東。便道恩華降，還鄉禮教崇。野樽延故老，朝服見兒童。

【校】

1. 詩題：嘉靖本作和裴侍中承恩拜掃旅轡途中有怌寄州縣官寮鄉園故親。案：僚與寮通。
2. 嵩嶽：全唐詩，全唐詩稿本，嘉靖本，白口本作嵩獄。案：岳，嶽通。
3. 汾川：南雄本作汾州。案：汾鼎爲漢武帝時於汾陰所得之鼎，汾陰今山西省滎河縣北，汾河源於山西省寧縣，於滎河縣北入黃河，此處汾川當指汾河而言，故汾川爲是。

4. 丘園：祠堂本、四庫本作邱園。案：謂在小山之花園。

5. 野樽：全唐詩作尊。案：樽，酒器，本作尊。

【註釋】

〔1〕侍中：官名，秦置五人，往來殿內東廂奏事，故曰侍中，漢以爲加官，多至數十人，齊梁侍中之功高者稱侍中祭酒，隋改納言，唐武德四年復改侍中，開元初改爲黃門監。

〔2〕承恩：猶言蒙恩也。《史記・佞幸傳贊》：「冠鳴入侍傅粉承恩。」

〔3〕旅轡：回馬，即回歸也。閻復〈駙馬高唐忠獻王碑〉：「邊塵不清，義不旅轡。」

〔4〕嵩岳神惟降：《詩・大雅・崧高》：「崧高維嶽，駿極于天，惟嶽降神，生甫及申。」傳：「崧：高貌，山大而高曰崧。嶽：四嶽也，嶽降神靈和氣，似生申甫之大功。」疏：「大嶽降其神靈和氣以生此甫國之侯及申國之伯，使其國則歷代常存，子孫則多有賢智也。」范傳正〈翰林學士李公新墓碑〉：「銘曰：嵩嶽降神，是生輔臣。」

〔5〕汾川鼎氣雄：《漢書・吾丘壽王傳》：「漢武帝時，汾陰得寶鼎，藏於甘泉，群臣上壽賀曰：陛下得周鼎，吾丘壽王曰：非周鼎，天作有德，寶鼎自出，此天子所以興漢，乃漢寶非周寶也。」

〔6〕朝端：朝臣之首也。《文選》王儉〈褚淵碑文〉：「暫遂沖旨，改授朝端。」注：「翰曰：施改授司徒，以爲朝臣之首也。端，首也。」

〔7〕清通：謂清通事理。王儉〈褚淵碑文〉：「裴褚清通，王戎簡要。」

〔8〕霜露多前感：《禮・祭儀》：「霜露既降，君子履之必有悽愴之心，非其寒之謂也。」注：「非其寒之謂，謂悽愴……爲感時念親也。」

〔9〕丘園想舊風：《周易・賁》：「賁于丘園，束帛戔戔。」《北史・韋敻傳論》：「怡神賁籍養素丘園。」蔡邕〈處士圂叔則碑〉：「潔耿介于丘園，慕七人之遺風。」

〔10〕扈巡：扈從也。隋天子之駕出巡也。《漢書・司馬相如傳》：「扈從橫行，出乎四校之中。」

〔11〕問俗到河東：《禮・曲禮上》：「入竟而問禁，入國而問俗。」注：「俗謂常所行與所惡也。」張說〈奉和暇日遊興慶宮作應制詩〉：「問俗兆人阜，觀

風五教宣。」案：河東指山西境內，黃河以東地帶。

〔12〕便道：順路也。《史記・酷吏・郅督導》：「孝景帝乃使使持節拜督爲雁門太守，而便道之官得以便宜從事。」

【箋】

《新唐書・裴行儉傳》：「裴光庭，開元中擢兵部郎中，鴻臚少卿…………東封還，遷兵部侍郎；久之拜中書侍郎，同中書門下平章事，兼御史大夫，遷黃門侍郎，拜侍中兼吏部尚書，弘文館學士，裴侍中疑即裴光庭。」

四十、和姚令公哭李尚書

貴賤雖殊等，平生竊下風。雲泥勢已絕，山海納還通。忽歎登龍者，翻將弔鶴同。琴詩猶可託，劍履獨成空。疇昔嘗論體，興言每匪躬。人思崔琰議，朝掩祭遵公。作善神何酷，依仁命不融。天文靈北斗，人事罷南宮。上宰既傷舊，下流彌感衷。無恩報國士，徒欲問玄穹。

【校】

1. 詩題：英華本，全唐詩，全唐詩稿本作和姚令公哭李尚書乂。
2. 翻將弔鶴同：英華本作飜將吊鶴同。案：翻或飜同，吊爲弔之俗体字。
3. 忽歎：成化本，湛刊本作忽嘆。案：嘆同歎。
4. 猶可託：祠堂本，李補本作猶可託。案：託：寄也。於義爲是。
5. 論體：四庫本，白口本，英華本，全唐詩，全唐詩稿本作論禮。案：於義以論禮爲是。當從各本。
6. 靈北斗：四庫本，英華本，全唐詩，全唐詩稿本作虛北斗者，謂李乂以刑部尚書卒官。
7. 傷舊：嘉靖本作傷馬。案：舊指李乂而言，作馬則不通。
8. 迷感衷：英華本，全唐詩稿本，全唐詩作彌感衷。案：「既傷舊」與「彌感衷」詞性相對，於義爲是。
9. 無恩報國士：英華本作無因報國上。案：國士者爲全國推重仰之士也。見《戰國策》。國上爲形誤。

【註釋】

〔1〕姚令公：見前三十三首箋。

〔2〕下風：謂人之在下位也。《莊子》：「丘不肖，未知所謂，竊待下風。」

〔3〕雲泥：喻地位之高下懸殊也。《後漢書・矯愼傳》：「雖乘雲行泥，棲宿不同。」

〔4〕登龍：喻高第得大官也。《史記・孝武紀》：「畫幡日月，北斗登龍。」福惠全〈書稟啓袝謝袁撫台〉：「榮倍登龍，譽慚舞雀。」

〔5〕翻將弔鶴同：用晉陶侃弔客鶴化故事。《晉書・陶侃傳》：「爲江夏太守，後以母憂去職，嘗有二客來弔，不哭而退，化爲雙鶴，沖天而去，時人異之。」

〔6〕琴詩猶可托：謂其遺作有人可托，而琴存人亡之可研也。《後漢書・桓譚傳》：「初譚注書，言當世行事二十九篇，號曰新論。上書獻之，世祖善焉，琴道一篇未成，肅宗使班固續成之，所著賦誄書奏凡二十六篇。」

〔7〕劍履獨成空：《史記・蕭相國世家》：「今雖亡曹參等百數，何缺於漢，漢得之不必待以全，奈何欲以一旦之功而加萬世之功哉，蕭何第一，曹參次之，高祖曰善，於是乃令蕭何賜劍履上殿。」

〔8〕疇昔嘗論體：疇，發語詞。《左傳・宣公二年》：「疇昔之羊子爲政，今日之事我爲政。」注：「疇昔，前日女。」案：乂曾上疏興魚鱉之利，諫睿宗止造金仙玉眞二觀。

〔9〕興言每匪躬：非私資自身也。比喻所興之言每不顧一己之利害而盡忠王事。《周易・蹇》：「王臣蹇蹇，匪躬之故。」疏：「盡忠於君，匪以私身之故，而不往濟君，故曰匪躬之故。」

〔10〕崔琰議：崔琰，三國，魏東武城人，字季珪，師事鄭玄。初事袁紹，諫不聽，武帝破袁氏辟爲別駕從事，聲姿高暢，甚有威重，嘗以春秋之義答武帝而立太子。比喻乂屢有疏議諫論之事。

〔11〕朝掩祭遵公：全朝祭公而遵循公之遺規也。

〔12〕作善神何酷，依仁命不融：《書・伊訓》：「作善降之百神。」《論語・述而》：「依於仁。」此二句謂雖作善，神未降福得祥也。

〔13〕北斗：北斗星。《漢書・李固傳》：「今陛下之有尚書，猶天之有北斗也，斗爲天喉舌，尚書亦爲陛下喉舌。」

〔14〕南宮：尚書省也。《後漢書・鄭弘傳》：「弘前後所陳有補益王政者，皆著之南宮以爲故事。」《梁書・丘仲孚傳》：「仲孚爲左丞，撰皇典二十卷，南宮故事百卷，又撰尚書具事雜儀行於世。

四十一、張丞相與余有孝廉校理之舊又代余爲荊州故有此贈襄州刺史宋鼎

漢上登飛幰，荊南歷舊居，已嘗臨砌橘，更睹躍池魚，盛德繼微眇，深衷能卷舒，義申蓬閣際，情坦廟堂初，郡挹文章美，人懷燮理餘，皇恩儻照亮，豈厭承明廬。

【校】

1. 詩題：余，白口本皆作予。
2. 歷舊居：四庫本作歴。案：歴爲歷之俗體字。
3. 蓬閣：嘉靖本，祠堂本作蓬閤。案：閤與閣通。
4. 儻：祠堂本作倘。案：儻，俗作倘。

【註釋】

〔1〕張丞相：張說見前二十三首。註１。

〔2〕孝廉：《漢書・武帝紀》：「元光元年冬十一月初，令郡國舉孝廉。」注：「孝謂善事父母，廉謂清潔有廉隅者。」

〔3〕校理：官名，掌校勘書籍，唐置集賢殿校理。

〔4〕有孝廉校理之舊：張九齡、張說初官皆爲校書郎。

〔5〕代余爲荊州：九齡曾官荊州刺史，說曾爲岳州刺史，荊岳皆在湖南巴陵、故亦云荊州。

〔6〕襄州：東漢置襄陽郡，東晉廢，劉宋復置，西魏改襄州，故治即今湖北襄陽縣。

〔7〕幰：《說文新附》：「幰，車幔也。」《一切經音義・卷十四》：「布帛張車上爲幰也。」《釋名・釋車》：「幰憲也。所以禦熱也。」潘岳〈籍田賦〉：「微風生於輕幰兮。」注：「善曰：幰：車幰也。」

〔8〕荊南：南方荊州之地。陸機〈辨亡論〉：「吳武烈皇帝，慷慨下國，雷發荊南。」注：「銑曰：堅起兵於荊州，故云荊南也。」

〔9〕盛德：謂人德之美盛者。《史記・老子傳》：「良賈深藏若虛，君子盛德容貌若愚。」

〔10〕深衷能卷舒：深衷幽衷也。顏延之〈五君咏〉：「頌酒雖短章，深衷自此見。」卷舒、屈伸也。《淮南子・人間訓》：「詘伸贏縮卷舒。」《淮南子・原道訓》：「與剛柔卷舒。」

〔11〕蓬閣：大蓬之閣，官廨也，秘監曰大蓬。蕭華〈謝試秘書監詩〉：「己蒙殊獎，遽典雄藩，旋沐厚恩，復登蓬閣。」

〔12〕廟堂：朝堂也。《後漢書・班固傳》：「固奏記東平王蒼曰將軍養志和神，優游廟堂。」

〔13〕爕理：爕俗燮字，《書・周官》：「立太師、太傅、太保、茲惟三公，論道經邦，爕理陰陽。」傳：「和理陰陽。」

〔14〕承明廬：《漢書・嚴助傳》：「拜會稽太守，賜書曰：君獻承明之廬。」注：「承明廬在石渠閣外，直宿所止曰廬。」應璩〈百一詩〉：「問我何功德，三人承明廬。」注：「銑曰：承明、謁天子待制處也。」

【箋】

《唐書・東謝蠻傳》：「貞元十三年正月……蠻州長史，繼襲蠻州刺史……宋鼎……宋鼎等已改官訖，餘依舊。」查張九齡卒于開元二十八年（740）五月，距貞元十三年（797）相差五十七年，當九齡生前，宋鼎尚不到任官年齡，故此鼎字有誤，且傳中未列宋鼎曾官襄州刺史，故疑爲宋璟之誤，璟曾官楚州刺史。如貞元是《唐書》開始之誤，則宋鼎之興，曲江唱和即切合矣。

四十二、酬宋使君作

時來不自意，宿昔謬樞衡，翊聖負明主，妨賢媿友生，罷歸猶右職，待罪尚南荊，政有留裳舊，風因繼組成，高軒問疾苦，蒸庶荷仁明，衰廢時所薄，祇言僚故情。

【校】

1. 詩題：全唐詩，全唐詩稿本作酬宋使君見贈之作，英華本作酧宋使君見贈之作。案：酧爲酬之俗字。
2. 翊聖：英華作翼聖。案：翊翼爲假借。
3. 媿有生：全唐詩作愧有生。案：媿或作愧。
4. 留裳舊：全唐詩，全唐詩稿本，英華本作留裳舊。
5. 繼組成：祠堂本作繼組清。
6. 蒸庶：祠堂本作黎庶，全唐詩，全唐詩稿本作烝庶。案：蒸、烝通。烝庶，黎庶，皆有眾民之義。
7. 衹言：全唐詩稿本作秖。案：秖，篆作衹。

【註釋】

〔1〕宋使君：宋鼎，見前四十一首註 7。

〔2〕樞衡：重要政務。《漢書・序傳》：「孝文聞冲病狀，謂右衛宋弁曰：僕射執我樞衡，總釐朝務，忽有此患，朕甚愴懷。」

〔3〕友生：朋友也。《詩・小雅・伐木》：「矧伊人矣，不求友生。」

〔4〕右職：《漢書・循吏・文翁傳》：「數歲，蜀生皆成就還師，文翁以爲右職，用次察舉。」注：「師古曰：郡中高職也。」《後漢書・蔡邕傳》：「臣愚以爲宜撰文右職，以勸忠謇。」

〔5〕待罪：官吏以失職獲罪，故以待罪爲謙詞。《史記・季布傳》：「臣無功竊寵，待罪河東。」

〔6〕裳舊：（1）小舊裳也，即舊服，舊時所治之地也。《書・仲虺之誥》：「表正萬邦、纘禹舊服。」（2）韻府作棠，即舊棠也。裳舊，棠陰之舊地也。按：周召伯巡行南國，或舍甘棠之下，後人愛其樹而不忍傷，以棠陰頌循吏，義本此。以上二注皆通。

〔7〕繼組成：組：冠纓也。《文選》曹植〈七啓〉：「華組之纓從風紛紜。」

〔8〕仁明：仁愛明智也，《後漢書・郭賀傳》：「賀拜荊州刺史，有殊政，民姓歌之曰：厥德仁明，郭喬卿忠正朝廷上下平。」

〔9〕僚故：同僚也。何遜〈爲孔道辭建安王牋〉：「永言僚故，載懷罔己。」

四十三、酬通事舍人寓直見示篇中兼起居陸舍人景獻

軒掖殊清秘，才華固在斯，興因膏澤灑，情與惠風吹，所美應人譽，何私亦我儀，同聲感喬木，比翼謝長離，價以陸生減，賢慙鮑叔知，薄遊嘗獨愧，芳訊乃兼施，此夜金閨籍，伊人瓊樹枝，飛鳴復何遠，相顧幸媞媞。

【校】

1. 清祕：全唐詩作秘：

   案：清祕，清靜祕密之所，多指禁宮內地，秘爲祕之俗字。

2. 膏澤灑：嘉靖本、白口本、英華本、全唐詩、全唐詩稿本同此本作灑。

   案：一本作洒，洒灑正俗字，可通。

3. 陸生減：祠堂本、四庫本、嘉靖本、李補本、全唐詩作減。案：減爲形誤。

【註釋】

〔1〕通事舍人：官名，魏置中書通事舍人……秦漢以來有謁者官，隋初改爲通事舍人，煬帝改爲通事謁者，唐復曰通事舍人，隸四方舘，又屬中書省。掌中奏引納辭見承旨宜勞，皆以善辭令者爲之。

〔2〕起居舍人：《通典》：「今起居周官有左右史記其言事，蓋今起居之本，漢武帝有禁中起居……大唐貞觀二年省起居舍人移其職於門下，置起居郎二人，顯慶中復於中書省置起居舍人。」

〔3〕軒掖殊清祕：軒掖、宮掖、宮禁。《史記・呂后紀贊》：「高祖猶微，呂氏作妃，及正軒掖，尙私食其」李蒙〈上林白鹿賦〉：「上范幽閑，禁林清秘。」

〔4〕我儀：儀：匹也。《詩・鄘風・柏舟》：「髧彼兩髦，實維我儀。」

〔5〕喬木：《詩・周南・漢廣》：「南有喬木，不可休息，漢有游女，不可求思。」序云：「德廣所及也，文王之道被于南國，美化行乎江漢之域。」

〔6〕長離：風也，君子之喻，《文選》潘岳〈爲賈謐作贈陸機詩〉：「婉婉長離，淩江而翔。」注：「向曰：長離，風也，以喻君子。」

〔7〕價以陸生減：此以陸生言陸景獻，僧一行少時，嘗與象之昆弟相善，常謂人曰：「陸氏兄弟皆有才行，古之荀陳無以加也。」

〔8〕賢慙鮑叔知：鮑叔與管仲友善，此亦自謙之辭。

〔9〕薄遊：薄祿也。夏侯諶〈東方朔畫贊序〉：「以爲濁世，不可以富貴也，故薄遊以取位。」

〔10〕金閨籍：謝朓〈始出尙書省詩〉：「既通金閨籍，復酌瓊筵醴。」注：「善曰：〈解嘲〉曰：歷金門上玉堂。」應劭〈漢書注〉曰：「籍爲二尺竹牒，記其年紀、名字、物色懸之宮物，案省相應，乃得入也。」銑曰：「金閨，金門也，謂懸名於門，乃通出入。」

〔11〕瓊樹：《漢書・司馬相如傳》瓊華注：「張揖曰：瓊樹生崑崙西流沙濱，大三百圍，高萬仞，華蘂也，食之長生。」

〔12〕媞媞：《爾雅・釋訓》：「媞媞，安也。媞與禔通，安福也。」

四十四、和黃門盧侍郎詠竹

清切紫庭垂，葳蕤防露枝，色無玄月變，聲有惠風吹，高節人相重，身心世所知，鳳凰佳可食，一去一來儀。

【校】

1. 詩題：全唐詩，全唐詩稿本，白口本作和黃門內盧侍御詠竹。惟祠堂本作和黃門盧侍郎詠竹，與此本同。案：黃門侍郎，唐改爲門下侍郎。侍御者，天子左右侍，從車御之官。詠，咏相同。
2. 三心：成化本，湛刊本，南雄本，白口本，嘉靖本同此本。案：竹空心有節，喻人之謙虛爲懷，故以虛心義爲是。此本並各本皆誤。
3. 鳳皇：嘉靖本，四庫本作鳳凰。案：皇與凰通。

【註釋】

〔1〕紫庭：宮廷、禁裏。《後漢書・皇甫規傳》：「臣生長邊遠，希涉紫庭。」王融〈雜體報范通直詩〉：「紫庭風日好，青槐杖葉新。」

〔2〕色無玄月變：陰曆九月之異名，同陬月。《爾雅・釋天》：「九月爲玄。」《詩・何草不黃》正義：「李巡曰：九月萬物畢盡，陰氣侵寒，其色皆黑。」孫炎曰：「物衰而色玄也。」

〔3〕鳳皇佳可食：李伯魚〈桐竹贈張燕公詩〉：「鳳棲桐不媿，鳳食竹何慙。」案：鳳尾竹枝葉互生，狀如鳥尾，夏日生筍可食。

〔4〕一去一來儀：《書・益稷》：「蕭韶九成，鳳凰來儀。」傳：「儀，有容儀。」此謂竹形如鳳，其搖如鳳之儀容也。

四十五、和蘇侍郎小園夕霽寄諸弟

清風閶闔至，軒蓋承明歸，雲月愛秋景，林堂開夜扉，何言兼濟日，尚與宴私違，興屬蒹葭變，文因棠棣飛，人倫用忠厚，帝德已光輝，贈弟今為貴，方知陸氏微。

【校】

1. 軒盖：全唐詩李補本、白口本、嘉靖本作蓋。案：盖爲蓋的簡體字。
2. 興屬：全唐詩、全唐詩稿本作興逐。
3. 人倫用忠厚：全唐詩、全唐詩稿本作人倫用忠孝。

【註釋】

〔1〕蘇侍郎：見三十一首箋。

〔2〕閶闔：見前二十九首註 6。

〔3〕承明：（1）漢代宮殿名。《漢書・翼奉傳》：「獨有前殿曲臺漸臺宣室溫室

承明耳。」(2)《洛陽記》:「承明門，後宮出入之門，吾常怪陳思王詩云：「謁帝承明廬，問張公。公云：魏文帝作建始殿，朝會皆由承明門。」

〔4〕兼濟：兼善也。《莊子・列禦寇》:「兼濟道物。」《風俗通・十反》:「孟軻亦以爲達則兼濟天下，窮則獨善其身。」

〔5〕蒹葭：《詩・秦風・蒹葭》:「蒹葭蒼蒼，白露爲霜。此借喻懷諸弟也。」

〔6〕常棣：《詩・小雅・棠棣》:「棠棣之華，莫不韡韡，凡今之人莫如兄弟。」序：「棠棣燕兄弟也。」

〔7〕陸氏微：以陸氏兄弟受恩微薄。謂陸氏兄弟友愛之深，微以示其諸弟，晉陸機陸雲兄弟皆有文名，成都王穎討長沙王，機爲大將，兵敗遇害，雲爲大將軍右司馬，機被誅，雲亦害。

【箋】

《唐會要・卷五十・中書侍郎條》:「開元元年十二月蘇頲除中書侍郎，二年三年皆在任。」詩中云：「雲月愛秋景之語。」知不得在元年十二月，當在二年至南歸之前。

四十六、和韋尚書荅梓州兄南亭宴集

棠棣聞餘興，烏衣有舊遊，門前杜城陌，池上曲江流，暇日嘗繁會，清風詠阻修，始知西峙嶽，同氣此相求。

【校】

1. 詩題：四庫本，李補本，全唐詩，全唐詩稿本作答。案：荅爲答的簡體字。
2. 舊遊：嘉靖本作舊游。案：遊、游通。
3. 詠：祠堂本作咏。案：詠、咏通。
4. 阻修：白口本，李補本，全唐詩稿本作脩。案：修，脩通。

【註釋】

〔1〕棠棣：見前四十五首註 5。

〔2〕烏衣有舊遊：烏衣巷於江蘇省江寧縣之東南，兩晉時代王氏謝氏貴族居住處。《宋書・謝弘微傳》:「混與族子靈運、瞻曜、弘微，並以文義賞會，賞共宴處，居在烏衣巷，故謂之烏衣之遊。」

〔3〕杜城：帝堯裔孫劉累之後，在周爲唐杜氏，成王滅唐改封唐氏子孫於杜，是爲杜伯，杜伯爲大夫，無罪被殺，子孫分適諸侯，居杜城者爲杜氏，按

杜國在今陝西省長安縣東南，即漢之杜陵。

〔4〕曲江：池名，在陝西長安縣東南，漢武帝造宜春苑於此，水流曲折，有如之江故名，唐開元間更加疏鑿，池畔有紫雲樓、芙蓉苑、杏園、慈恩寺、樂遊原諸勝，每歲中元上巳遊客如雲，秀士登科，亦賜宴於此。

〔5〕阻修：《史記・秦始皇紀》：「德惠修長。」修同脩，長也。張載〈擬四愁詩〉：「我所思兮在營州，欲往從之路阻修。」借喻興梓州阻隔之遠也。

〔6〕同氣此相求：《易・乾文言》：「同聲相應，同氣相求。」《呂覽・精通》：「父母於子也，子之於父母也，一體而兩分，同氣而異息。同氣謂兄弟也。」

四十七、與袁補闕尋蔡拾遺會此公出行後蔡有五韻詩見贈以此篇答焉

轍迹陳家巷，詩書孟子鄰，偶來乘興者，不值草玄人，契是忘年合，情非累日申，聞君還薄暮，見眷及茲辰，贈我如瓊玖，將何報所親。

【校】

1. 轍迹：英華本作跡。案：迹與跡同。
2. 偶來：英華本作復來。
3. 茲辰：英華本作晨。案：辰、晨相同假。

【註釋】

〔1〕補闕：官名，有左右之分，左補闕多門下省，右補闕屬中書省，掌供奉諷諫，有駁正詔書之權。

〔2〕拾遺：拾遺，唐諫官名，有左右之分，左拾遺屬門下省，右拾遺屬中書省，掌供奉諷諫以救人主言行之遺失。

〔3〕轍迹陳家巷：轍迹，車轍馬跡。顏延之〈應詔觀北湖田牧詩〉：「周御窮轍跡，夏載歷山川。」陳平，字孺子，漢陽武人，好讀書，治黃帝老子之術，家貧，居乃負郭窮巷，以席爲門，然門外多長者車轍。見漢書本傳。沈約〈郊居賦〉：「陳巷窮而業泰，嬰居湫而德昌。」

〔4〕草玄人：《漢書・揚雄傳》：「時雄方草太玄，有以自守泊如也，或嘲雄以玄尚白，而雄解之，號曰解嘲。」注：「師古曰：玄，黑色也，言雄作之不成，其色猶白，故無祿位也。」

〔5〕忘年合：欽重器賞其人之才品，忘其行輩，年齡而與之爲友也。《莊子・

齊物論》:「忘年忘義，振於無竟」《後漢書・禰衡傳》:「禰衡有逸才，少與孔融交，時衡未滿二十，而融已五十爲忘年之交。」

〔6〕瓊玖：《詩・衛風木瓜》:「投我以木李，報之以瓊玖。」瓊玖：玉名也。

四十八、酬趙二侍御使西軍贈兩省舊寮

石室先鳴者，金門待制同，操刀嘗願割，持斧竟稱雄，應敵兵初起，緣邊虜欲空，使車經隴月，征旆繞河風，忽枉兼金訊，非徒秣馬功，氣清蒲海內，聲滿柏臺中，顧已塵華省，欣君震遠戎，明時獨匪報，嘗欲退微躬。

【校】

1. 詩題：全唐詩，全唐詩稿本作酬趙二侍御使贈兩省舊僚之作。祠堂本作酬趙二侍郎使西軍贈兩省舊寮。案：僚與寮通。
2. 侍御：《金石萃編》卷七十四少林寺賜田敕：「開元十一年十二月二十一日牒，判官殿中侍御使趙冬曦。」當以侍御爲是。
3. 使軍：湛刊本，四庫本作使車。案：此題目爲酬趙二侍御使西軍贈兩省舊寮，故以使軍爲是。
4. 海內：四庫本、全唐詩、全唐詩稿本作海曲。案：海內省，四海之內。海曲：海島也，於義「海內」與「台中」詞性對。
5. 顧已：惟祠堂本作顧己。此本與各本皆同。案：顧己與下句欣君詞性相對，故當以顧己爲是。

【註釋】

〔1〕侍御：官名，同日柱下載，秦改曰侍御史，兩漢亦有侍御史所掌凡五曹，其後自魏晉以迄於元均置侍御史，所掌多爲糾察非法，推彈雜事。

〔2〕石室：御使之別稱，漢代蘭台石室藏秘書，御史中丞掌之，《漢書・百官公卿表》:「在殿中蘭台掌圖籍秘書。」《後漢書・王允傳》:「董卓遷都關中，允悉收斂蘭台石室圖書以從，既至長安，皆分別條列上，經籍具存，允有力焉。」

〔3〕金門待制同：金門即金馬門之略，見前二十九首註。

〔4〕操刀嘗願割：《左傳・襄公三十一》:「猶能操刀而使割也。」《六韜》:「女韜守士。太公曰：日中必彗，操刀必割，執斧必伐，日中不彗，是謂失時，操刀不割，失利之期，執斧不伐，賊人將來。」

〔5〕兼金：好金也，其價値兼倍於常者，《孟子・公孫丑下》：「王餽兼金一百而不受。」陸機〈贈馮文熊詩〉：「良訊代兼金。」注：「銑曰：兼金：好金也。」

〔6〕秣馬：《左傳・成公十六》：「蒐乘補卒，秣馬利兵。」注：「秣，穀馬也。」《左傳・襄公二十六》：「簡兵蒐乘，秣馬蓐食。」

〔7〕栢臺：栢，柏之俗字，柏臺，御史臺之別稱。漢代御史府中植柏樹，故世稱御史台爲柏台，或曰柏府。《漢書・朱博傳》：「御史府中列柏樹。」

〔8〕匪報：《詩・衛風・木瓜》：「投我以木瓜，報之以瓊琚，匪報也，永以爲好也。」

【箋】

1. 《曲江文集》卷四附載奉酬洪州江上見贈一首，題名監察御史孫翊，知侍郎乃侍御之誤。全唐詩作侍御。
2. 《彙編唐詩》：云：「持斧竟稱雄，用事化境。應敵兵初起，緣邊虜欲空，用意沈著。聲滿柏台中，字字雄渾。」

四十九、答陳拾遺贈竹簪

與君嘗此志，因物復知心，遺我鍾龍節，非無玳瑁簪，幽素宜相重，雕華豈所任，為君安首飾，懷此代兼金。

【校】

1. 荅：李補本、四庫本、全唐詩作答陳拾遺贈竹簪
2. 鍾龍節：全唐詩、四庫本作龍鍾節。案：《群書雜記》：「若竹之名龍鍾。」據此，當作龍鍾節爲是。
3. 玳瑁：白口本、四庫本、祠堂本、全唐詩、全唐詩稿本作玳瑁。案：當以瑁爲是。
4. 首飾：白口本作飭，形誤。

【註釋】

〔1〕陳拾遺：拾遺，官名，見前四十七首注 2。

〔2〕竹簪：簪，俗兂。《說文》：「兂，首笄也。」

〔3〕此志：《漢書・賈誼傳》：「聖人有金城者，比物此志也。」顏注：「言聖人厲此節行以御群下，則人皆戮力同心，國家安固不可毀，狀若金城也。」

〔4〕龍鍾節：與龍種同，龍種：竹之異名。陳子昂〈修竹篇〉：「種生南龍，嶽孤翠鬱亭亭。」《群書札記》：「若竹之名龍鍾，直取義子龍之種，用竹更化龍事也。」

〔5〕玳瑁：瑇瑁同，《正字通》：「瑇瑁生南海，介屬，狀似龜黿，殼稍長，皆有甲十二片，黑白斑文，邊缺如鋸齒，無足有四鬣，前長後短煮其甲，柔如皮，因以作器。」

【箋】

1. 《新唐書・儒學傳》：「陳貞節，開元初爲右拾遺。」案：陳拾遺疑即陳貞節。

2. 《彙編唐詩》：「譚云：不甚拘題，然動不得一字。唐云：詠物率多形容，此獨寫意，所以能超。」

五十、荅太常靳博士見贈一絕

上苑春先入，中園花盡開，唯餘幽徑草，尚待日光催。

【校】

1. 詩題：惟英華本同此本。四庫本、李補本、全唐詩、全唐詩稿本作答太常博士見贈一絕。

2. 惟餘幽徑草：湛刊本、全唐詩、南雄本、李補本、祠堂本、全唐詩稿本同此本。案：一本或作惟，唯惟字同，不煩改。

3. 幽徑：英華本作幽逕。
   案：逕同徑字。

【註釋】

〔1〕太常博士：《通典・職官》：「諸卿士，太常卿博士，魏官也，魏文帝初置，晉因之，掌引導乘輿，王公已下應追謚者，博士議定之。端委佩玉朝之大典，必於詢度，歷代皆有，隨有四人，大唐因之，甚爲清選，資位與補闕同，掌撰五禮儀注，導引乘輿，贊相祭祀，定諡，及守桃廟開閉，埳寶及祥瑞之事。」

〔2〕上苑：天子之庭園，庾信〈徵調曲〉：「上苑有烏孫學琴。」

〔3〕中園：園中也。張華〈三月三日後園會詩〉：「順時省物，言觀中園。」

五十一、酬宋使君見貽

陟隣初稟訓，獻策幸逢時，朝列且云忝，君恩復若茲，庭闈際海曲，軺傳荷天慈，顧巳歡烏鳥，聞君泣素絲，才明應主召，福善豈神欺，但願白心在，終然涅不緇。

【校】

1. 詩題：全唐詩作酬宋使君見詒。案：詒，貽通。
2. 顧巳：全唐詩作顧己。案：顧己與聞君相對仗，於義爲是。此本凡己巳二字皆誤刻巳字。

【註釋】

〔1〕宋使君：宋鼎，見前四十一首註 7。

〔2〕陟鄰：陟，升也。《書・舜典》：「汝陟地位謂得善鄰而學之。」

〔3〕庭闈：王宮之門。《宋史・樂志》：「庭闈尊奉會明昌，佳氣溢康莊。」

〔4〕軺傳：以一馬駕軺車而乘傳也。《漢書・平帝紀》：「徵天下通知逸經、古記、天文、曆算、鍾律、小學、史篇、方術、本草及以五經論語、孝經、爾雅，教授者在所爲駕一封軺傳遣詣京師。」《漢書・儒林・申公傳》：「上使使束帛加璧，安車以蒲裹輪，駕駟迎申公，弟子二人，乘軺傳從。」

〔5〕泣素絲：《淮南子・說林訓》：「墨子見練絲而泣之，爲其可以黃可以黑。」謝眺〈始出尚書省詩〉：「既秉丹石心，寧流素絲涕」。注：善曰：「素絲隨染涕，墨子所悲也。」

〔6〕涅不緇：《論語・陽貨》：「不曰白乎，涅而不緇。」注曰：「涅可以染皁，至白者染之於涅而不黑。喻君子雖在濁亂不能污也。」

五十二、武司功初有幽庭春暄見詒夏首獲見以詩報焉

芳月盡離居，幽懷重起予，雖言春事晚，尚想物華初，遲日皦方照，高齋淡復虛，筍成林向密，花落樹應踈，贈鯉情無間，求鶯思有餘，暄妍不相待，含歎欲焉如。

【校】

1. 詩題：四庫本、全唐詩、全唐詩稿本同此本。英華本作武司功初有幽庭春暄見贈夏首獲見以詩報焉。案：詒、貽通。見贈、見貽義同。
2. 春事晚：湛刊本、南雄本、成化本作春似晚。案：後句尚想物華容，故前

句當以「春事」爲是。

3. 暾方照：全唐詩、全唐詩稿本作皦方照。案：皦者，明也。暾：日出貌。當以暾爲是。
4. 笋成：全唐詩、祠堂本作筍成。案：笋、筍同。
5. 樹應踈：全唐詩作疏，嘉靖本、四庫本、祠堂本作踈。案：疏，踈同。踈爲踈之譌字。
6. 鶯：英華本作鸎。案：鶯或作鸎。
7. 情無間：南雄本作無聞。案：無間：無間斷也。於義爲宜。

【註釋】

〔1〕司功：《通典・職官・州郡總論・郡佐司功》：「北齊諸州有功曹參軍，隋亦然，及罷郡置州，以曹爲名者，改曰司，煬帝罷州置郡，改曰司功書佐，大唐改曰，司功參軍，開元初京尹屬官，及諸都督府，並曰功曹參軍，令掌官園，祭祀、禮樂、學校、選舉、表疏、醫巫、考課、喪葬之事。」

〔2〕物華：王勃〈滕王閣序〉：「物華天寶，龍先射牛斗之墟。」《古文眞寶後集箋解》：「物之光華，乃天之瑞寶也。」

〔3〕遲日：春日天長日暮遲晚，《詩經・豳風・七月》：「春日遲遲。」杜審言〈渡湘江詩〉：「遲日園林悲昔遊，今春花鳥作邊愁。」

〔4〕贈鯉情無間：《古樂府》：「呼兒烹鯉魚，中有尺素書。」唐人寄書常以尺素結成雙鯉之形，即本於此。

〔5〕求鶯：求友也。《詩・小雅・伐木》：「伐木丁丁，鳥鳴嚶嚶，出自幽谷，遷于喬木，嚶共鳴矣，求其友出。」

〔6〕暄妍：謂春景暄和而妍美。鮑照〈採桑行〉：「是節最暄妍，佳服又新爍。」

五十三、贈澧陽韋明府

君有百鍊刃，堪斷七重犀，誰開太阿匣，持割武城雞，竟與尚書佩，還應天子提，何時遇操宰，當使玉如泥。

【校】

1. 詩題：澧陽，祠堂本作灃陽。案：澧陽，爲澧州治，在湖南省。
2. 還應天子提：全唐詩，全唐詩稿本作遙應。案：還應者指寶劍當復爲天子所提，於義爲是。

3. 持割武城雞：嘉靖本、白口本、李補本作鷄，英華本作割持。案：雞、鷄同。
4. 操宰：英華本作操柄。案：操柄則指把持重權，此處用「遇」當指希遇重臣提攜之意。

【註釋】

〔1〕澧陽：澧陽屬湖南省，在安陽縣西北，隋置澧陽縣爲澧州治，元省縣入州，民國改州爲縣。

〔2〕明府：《容齋四筆・官稱別名》：「御史拾遺爲院長，下至縣令曰明府，丞曰贊府、贊公、尉曰少府、少公、少仙。」《類書纂要》：「稱太守縣令皆曰明府。」

〔3〕百鍊刃：古劍名，《古今注・輿服》：「吳太皇帝有寶刀三，一曰百鍊，二曰青犢，三曰漏景。」

〔4〕太阿：古寶劍名，《史記・李斯傳》：「服太阿之劍，乘纖離之馬。」《楚辭・東方朔七諫・謬諫》：「鉛刀進御，遙棄太阿。」注：「太阿，利劍也。」

〔5〕持割武城鷄：喻大才小用也。《論語・陽貨》：「子之武城，聞弦歌之聲，夫子莞爾笑曰：割雞焉用牛刀。」《故事成語考・鳥獸》：「制小不用大，曰割雞之小，焉用牛刀。」

〔6〕當使玉如泥：喻刀劍之銳利。《列子・湯問》：「周穆王大征西戎，西戎獻錕鋙之劍，其劍長尺有咫，鍊鋼赤刀，切玉如切泥。」

五十四、酬周判官巡至始興會改秘書少監見貽之作兼呈耿廣州

惟昔遷樂土，迨今已重世，陰慶荷先德，素風慙後裔，唯益梓桑恭，豈稟山川麗，于時初自勉，揆已無兼濟，瘠土資勞力，良書啟蒙蔽，一探石室文，再擢金門第，既起南宮草，復掌西掖制，過舉及小人，便蕃在中歲，亞司河海秩，轉牧江湖澨，勿謂符竹輕，但覺涓塵細。一麾尚云忝，十駕宜求稅，心息已如灰，跡牽且為贅，忽捧天書委，將革海隅弊，朝聞循誡節，夕飲蒙瘴厲，義疾恥無勇，盜憎攻亦銳，葵藿是傾心，豺狼何返噬，履險甘所受，勞賢恧相曳，攬轡但荒服，循坛便私第，嘉慶始獲中，恩華復尤繼，無庸我先舉，同事君猶滯，當推奉使績，且結拜親契，更延懷安旨，曾是慮危際，善謀雖若茲，至理焉可替，所仗有神道，況承明主惠。

【校】

1. 迨今已重世：李補本作追今，於義迨今爲是。
2. 唯：祠堂本作惟。案：唯，惟通。
3. 于時：四庫本作干時。案：于時，於是也。干時：求合於當世，于爲動詞，當爲是。
4. 揆已：全唐詩、祠堂本作揆己，揆者度也，於義爲是。
5. 忽捧天書委：四庫本、嘉靖本、全唐詩、全唐詩稿本、白口本、南雄本同此本。案：忽捧天書，指在巡行中獲天子詔，當作捧。
6. 海隅弊：李補本作獘，湛刊本作蔽。案：蔽、弊通。獘俗作弊，獘爲弊之俗體字。
7. 瘴癘：祠堂本、嘉靖本、李補本、全唐詩、全唐詩稿本同此本。案：一本或作厲，癘、厲通。
8. 盜憎：嘉靖本作增。案：齡出巡，歷艱險不辭，盜增攻亦銳，指群盜之猖厥。此本並各本誤。
9. 循垓：四庫本、全唐詩作循陔。案：循垓：沿口隴行，出于《詩・南陔》，爲孝子養親之詩，陔，垓相通假。
10. 獲中：嘉靖本、成化本、湛刊本作獲申，指其改任秘書少監之事，當以爲是，九齡因張說之故拜相，今玄宗帝思其言而改任其職之事。故云獲申。
11. 復尤繼：祠堂本、白口本、四庫本、全唐詩、全唐詩稿本作復相繼。於義復相繼爲是。

【註釋】

〔1〕判官：判官，官名，唐置爲節度使觀察等使僚屬。

〔2〕始興：唐李吉甫《元和郡縣圖志》〈卷三四〉云：「韶州秦南海郡地，漢分置桂陽郡，今州治即桂陽之曲江縣也。後漢置始興都尉，今州即都尉所部，吳甘露元年初立爲始興郡。則始興乃韶州古名也。」

〔3〕秘書少監：官名，東漢桓帝時置，隋唐及宋皆以秘書監爲秘書省長官少監別之。

〔4〕樂土：《詩・魏風・碩鼠》：「樂土樂土，爰待我所。」箋：「樂土，有德之國。」

〔5〕重世：《史記・春申君傳》：「王無重世之德於韓魏，而有累世之怨焉。」索隱：「重世猶再世也。」

〔6〕陰慶荷先德：陰慶，後漢人，慶父嘗隨光武甚得親信，帝屢欲封爵，固辭讓，帝亦聽之，顯宗時追念其功，封其子慶爲鮦陽侯，官黃門侍郎。

〔7〕素風慙後裔：袁宏《三國名臣序贊》：「操不激功，素風愈鮮。」注：「劉良曰：自有純素之風，以陰興之素風及其後裔借喻之。」

〔8〕梓桑恭：《詩・小雅・小弁》：「維桑與梓，必恭敬止。」傳：「父之所樹，己尚不敢不恭敬。」此頌耿治廣州之德。

〔9〕西掖：《漢官儀》：「左右曹受尚書事，前世文士，以中書在右，因謂中書爲右曹，又稱西掖。」

〔10〕過舉：《呂覽・達鬱》：「上無過舉。」《商子墾令》：「主無過舉。」

〔11〕一麾：一次揮動也，《論衡・感虛》：「襄公志在戰，爲日暮一麾。」史岑〈出師頌〉：「素旄一麾，深一區宇。」

〔12〕十駕宜求稅：稅駕也。《史記・李斯傳》：「吾未知所稅駕也。」注：「索隱曰：稅駕猶解駕，言休息也。」

〔13〕心息已如灰：謂心止已如灰。《莊子・齊物論》：「形固可使如槁木，而心固可使如死灰乎。」

〔14〕海隅：此指廣州。謂海之邊隅也。《書・益稷》：「光天之下至於海隅蒼生。」

〔15〕葵藿是傾心：蓋葵向日而傾，因以喻向往之殷。曹植〈求通親親表〉：「若葵藿之傾葉，太陽雖不爲之迴光，然終向之者誠也。臣竊自比葵藿，若降天地之施，垂三光之明者，實在陛下。」傾心者：謂心嚮往之也。《後漢書・袁紹傳》：「傾心折節，莫不爭赴其庭。」

〔16〕恧相曳：《說文》：「恧：慙也。」《小爾雅・廣義》：「心愧曰恧。曳猶頓也。」《後漢書・馮衍傳》：「年雖疲曳，猶庶幾名賢之風。」

〔17〕攬轡但荒服：《後漢書・范滂傳》：「時冀州饑荒，盜賊群起，乃以滂爲清詔使案察之，滂登車攬轡，慨然有澄清天下之志，及至州境，守令自知臧于，望風解印綬去。」此謂入官之始，志在刷新政治也。荒服：《書・禹貢》：五百里荒服，三百里蠻，二百里流。」馬注：「政教檏忽，因其故俗而治之。」傳：「要服外之五百里，言荒又簡略。」疏：「言名荒者。」王肅云：「政教荒忽，因其故俗而治之。」蔡傳：「荒服去王畿益遠，而經略之者，視要服爲尤略也。以其荒野，故謂之荒服。」《國語・周語上》注：「在九州之外，荒裔之地與戎翟同俗，故謂之荒，荒忽無常之言也。」

〔18〕循垓：束晢〈補亡詩・南垓〉：「循彼南垓，言采其蘭。」注：「陔：隴也。」

〔19〕懷安：《左傳・僖公二十三》：「懷與安實敗名。」會箋：「懷者，凡有所戀著之謂也。」

〔20〕神道：神明之道，《周易・觀》：「觀天之神道，而四時不忒，聖人以神道設教而天下服矣。」疏：「神道者，微妙無方，理不可知，目不可見，不知所以然而然謂之神道。」

【箋】

1. 《張九齡年譜》附論五種：按九齡去年（開元十八年），辟周子諒爲嶺南按察判官，此雲周判官，當即子諒。
2. 《曲江集》附錄〈誥命守秘書少監制署〉：「開元十九年三月七日。制云：可守秘書少監，兼集賢院學士，仍副知院事，散官勳封如故。」舊傳云：「初張說知集賢院事，常薦九齡堪爲學士以備顧問，說卒後，上思其言，召拜九齡爲秘書少監，集賢院學士，副知院事。」徐浩撰〈唐故金紫光錄大夫中書令集賢院學士知院事修國史尚書右丞相荊州大都督上柱國始興開國伯文獻張公碑銘〉，《新唐書》本傳略同。

五十五、在洪州荅綦毋學士

旬雨不愆期，由來自若時，爾無言郡政，吾豈欲天欺，常念涓塵益，惟歡草樹滋，課成非所擬，人望在東菑。

【校】

1. 詩題：李補本、四庫本、全唐詩、全唐詩稿本荅作答，二者同。
2. 旬雨：白口本作旬日。案：以旬雨爲是，「雨不過期」故「草樹滋」。
3. 欲天欺：成化本、湛刊本作天期。案：不欺天，故常念涓塵益，謂其留心政事。

【註釋】

〔1〕洪州：隋置，尋改曰豫章郡，唐復舊。

〔2〕學士：官名，魏晉六朝徵文學之士司編纂撰述，稱學士，唐置學士於學士院，以文學、言語、參課諫諍，掌制誥，頗受優寵，其後有承旨，侍讀，有學士，待制等品秩之分。

〔3〕愆期：過期也。《周易・歸妹》：「歸妹愆期。」《詩・衛風・氓》：「匪我愆期，子無良媒。」

【箋】

《全唐詩》〈卷五〉:「綦毋潛，唐荊南人，字孝通，開元中由宜壽尉入爲集賢待制，遷右拾遺，終著作郎，有詩名。」案:綦毋學士疑即綦毋潛。

五十六、酬王六霽後書懷見示

雲雨俱行罷，江天已洞開，炎氛霽後滅，邊緒望中來，作驥君垂耳，為魚我滕鰓，更憐湘水賦，還是洛陽才。

【校】

1. 江天巳洞開:南雄本作巳。案:雲雨後，江天爲之洞開，作巳爲是。
2. 滕鰓:嘉靖本，白口本作曝鰓。案:滕鰓，當作曝顋，喻困頓。
3. 邊緒:英華本作邊渚。

【註釋】

〔1〕作驥君垂耳:喻王六霽未得志也。賈誼〈弔屈原文〉:「驥垂兩耳，伏鹽車兮。」陳琳〈與世子書〉:「綠驥垂耳於坰牧。」

〔2〕爲魚我曝鰓:辛氏〈三秦記〉:「河汕一名龍門，大魚集龍門下數千，不得上，上者爲龍，不上者魚也，故曰曝顋龍門。」蓋喻己之未得志也。

〔3〕湘水賦:《史記・屈原傳》:「自屈原沈汨羅後百有餘年，漢有賈生爲長沙王太傅，過相水，投書以弔屈原。」《史記・賈誼傳》:「賈生既往行，聞長沙卑濕，自以壽不得長，又以適去意不自得，及渡湘水，爲賦以弔屈原。」

〔4〕洛陽才:前漢賈誼負文名，號稱洛陽才子。潘岳〈西征賦〉:「終童山東之英妙，賈生洛陽之才子。」

【箋】

即王履震行六，九齡與之酬唱，或稱其名，或稱王六，本集卷四有與王六履震廣州津亭曉望一首，知即一人。

五十七、酬王六寒朝見詒

賈生流寓日，楊子寂寥時，在物多相背，唯君獨見思，漁為江上曲，雪作郢中詞，忽枉兼金訊，長懷伐木詩。

【校】

1. 伐木詩:《全唐詩稿本》作代木詩。案:《詩・小雅・伐木》序:「伐木，燕朋友故舊也。」當以伐木爲是。

【註釋】

〔1〕王六：見前五十六首箋。

〔2〕賈生流寓日：賈生指賈誼，賈誼適長沙，以喻巳官外謫。《後漢書・廉范傳》：「范父遭喪亂，客死於蜀漢，范遂流寓西州。」流寓指寄身他鄉。

〔3〕楊子寂寥時：《漢書・楊雄傳》：「雄爲人簡易佚蕩，默而好深湛之思，清靜亡爲，少耆欲，其著文目況，惟寂惟寞，守德之宅……胥靡爲宰，寂寞爲戶。」

〔4〕漁爲江上曲：晚唐有欸乃曲，漁歌子，意皆由坊間流行之歌曲而譜成者，蓋勞者吁唉之聲，自成譜調，後人始得融于辭藻而見于藝苑也。曲江之語，其聲殆早已行之。

〔5〕伐木詩：《詩・小雅・伐木序》：「伐木燕明友故舊也，自天子至於庶人，未有不須以成者，親親以睦，友賢不棄，不置故舊，則民德歸厚矣。」

五十八、酬王履震遊園林見詒

宅生惟海縣，素業守郊園，中覽霸王說，上激明主恩，一行罷蘭逕，數載歷金門，既負潘生拙，俄從周任言，逶迤戀軒陛，蕭散及丘樊，舊徑稀人跡，前池耗水痕，併看芳樹老，唯覺弊廬存，自我棲幽谷，逢君翳覆盆，孟軒應有命，賈誼得無冤，江上傷行遠，林門偶避喧，地偏人事絕，時霽鳥聲繁，獨善心俱閉，窮居道共尊，樂因南澗藻，憂豈北堂萱，幽意如投漆，新詩重贈軒，平生徇知巳，窮達與君論。

【校】

1. 見詒：全唐詩、全唐詩稿本、英華本作酬王履震遊園林見貽。
2. 上激明主恩：四庫本、全唐詩、全唐詩稿本作徼，英華作邀。案：徼者：求也，中敘其「覽霸王說」。因欲求一展所長，故詩云上徼明主恩。作徼是，此本誤，當改。
3. 蘭逕：四庫本、嘉靖本、李補本、白口本、祠堂本、英華本、全唐詩稿本作蘭徑。案：徑或作逕。蘭徑出楚辭。
4. 逶迤：英華本作逶遲。案：逶迤，行貌。逶遲、徐行貌。
5. 及丘樊：全唐詩、全唐詩稿本、英華本作反丘樊，四庫本作反邱樊。案：

丘或作邱。丘樊者隱居山林，故此處作反爲是。

6. 舊徑：英華作舊院。案：陶淵明詩：「三徑就荒。」意謂隱居而無人訪，當以舊徑爲是。
7. 弊廬：全唐詩、全唐詩稿本、四庫本作敝，英華本、李補本作獘。案：敝、弊通。
8. 孟軒：嘉靖本、成化本、湛刊本作孟軒。案：九齡以負潘生拙……故舉孟軻以自比。當作軻。
9. 傷行遠：全唐詩、全唐詩稿本、英華本作行傷遠。案：宜以行傷遠爲是。
10. 林門：全唐詩、全唐詩稿本、四庫本、英華本、白口本作林間。案：林間，喻隱居之所。作林間是，此本當改。
11. 避喧：全唐詩、全唐詩稿本、李補本、四庫本、祠堂本作喧。案：喧者，喧鬧，當作喧。
12. 知巳：四庫本、全唐詩、祠堂本作知己，全唐詩稿本作知已。案：巳爲形誤。

【註釋】

〔1〕王履震：見前五十六首箋。

〔2〕霸王說：即霸道王道之說。《孟子・公孫丑上》：「以力假仁者霸，霸必有大國，以德行仁者王，王不待大。」注：「霸者以大國之力，假仁義之道，然後能霸，若齊桓普文等是也，以己之德，行仁政於民，則可以致王，若湯文王是也。」

〔3〕蘭徑：蘭徑乃蘭台之徑，漢有蘭台令史，唐龍朔二年改秘書省爲蘭台。

〔4〕金門：見前二十九首金馬注。

〔5〕既負潘生拙：《晉書・潘岳傳》：「岳性輕躁趨世利，與崇等諂事謐，每候其出，與崇輒望塵而拜，此自謙其掙不及潘生之善諂也。」

〔6〕俄從周任言：周任，古賢人名。《論語・季氏》：「周任有言，陳力就列，不能者止。」張華〈答何劭詩〉：「周任有遺規。」

〔7〕軒陛：謂居室也。《大業雜記》：「名花美草，隱映軒陛。」王僧孺〈詹事徐府君集序〉：「自綢繆軒陛十有餘載，溫樹靡荅露事不酬。

〔8〕丘樊：山丘與樊籬。謂隱居山林也。謝莊〈月賦〉：「臣東鄙幽介，長自丘樊。」

〔9〕覆盆：喻盆覆蓋也。《論衡・說日》：「視天若覆盆之狀。」

〔10〕孟軻應有命：《孟子・公孫丑章句下》：「五百年必有王者興，其間必有名世者，由周而來七百有餘歲矣，以其數則過矣，以其時考之則可矣，夫天未欲平治天下也，如欲平治天下，當今之世舍我其誰也，吾何爲不豫哉。」

〔11〕南澗藻：喻教化之盛。《詩・召南・采蘋》：「于以采蘋，南澗之濱，于以采藻，于彼行潦。」陸機〈招隱詩〉：「朝采南澗草，夕息西山足。」

〔12〕北堂萱：《毛詩・衛風・伯兮》：「焉得諼草，言樹之背。」注：「諼草令人忘憂，背，北堂也。諼又作萱。」

〔13〕幽意如投漆：古詩以膠投漆中，推能別離此。盧思道〈盧記事誄〉：「昔余與子分重契深，譬如投漆，如彼斷金。」

〔14〕新詩重贈軒：贈軒猶贈車也。《孔子家語》：「子路初見，子曰：贈汝以車，贈汝以言乎。」此謂贈言重於贈車也。軒者：車之通稱，《文選》江淹〈別賦〉：「朱軒繡軸。」注：「軒：車之通稱也。」

五十九、登南嶽事畢謁司馬道士。

將命祈靈嶽，迴策詣真士，絕跡尋一徑，異香開數里，分庭八桂樹，肅容兩童子，入室希把神，登床願啟齒，誘我弃智訣，迫茲長生理，吸精反自然，鍊藥求不死，斯言眇霄漢，顧子嬰紛滓，相去九牛毛，慙歎知何巳。

【校】

1. 詩題：四庫本作祭南嶽事謁司馬道士，全唐詩、全唐詩稿本、白口本、嘉靖本、祠堂本、英華本作登南嶽事畢謁司馬道士。案：岳嶽字同，登字當作祭，首句「祈靈嶽」句，知作祭是。
2. 肅容：英華本作肅客。案：此處形容兩童子神情肅然，當以肅容爲是。
3. 把神：祠堂本、四庫本、全唐詩、全唐詩稿本、白口本、英華本作把袖，此本誤，當改。
4. 弃智訣：四庫本、嘉靖本同此本作弃智訣。案：弃爲棄之古文。
5. 迫茲：祠堂本、四庫本、全唐詩、全唐詩稿本作迨茲。案：迫者近也，迨者及也，於義迨爲是。此本誤，當改。
6. 顧子：祠堂本、四庫本、英華本作顧予，全唐詩、全唐詩稿本、白口本作顧余。案：言道士「眇霄漢」而己「嬰紛滓」兩相對照，當以予或余爲是。此本誤，當改。

【註釋】

〔1〕南岳：五嶽之一，謂衡山。《爾雅・釋山》：「霍山爲南嶽。」郭注：「即天桂山，潛水出。」按《爾雅》所云：「霍山南嶽。」指衡山言。應劭《風俗通》云：「衡山一名霍山是也。」

〔2〕司馬道士：《舊唐書・卷一九二》：「唐開元時有司馬承禎，字子微，號白雲，事潘師正，傳辟穀導引術，開元中再被召命，招於王屋山，置壇室以居，又司馬子微，謂予有仙風道骨，可與神遊八極之表，乃著〈大鵬遇布鳥賦〉以自廣。」

〔3〕眞士：眞人也，道家語，謂修眞得道之人，《史記・司馬相如傳》：「與眞人乎相求。」唐明皇詩：「有美探眞士，囊中得秘書。」

〔4〕把袖：《史記・刺客傳》：「左手把其袖，右手拍其胸。」把，《說文》：「捉也。」段注：「以一手把之也。」

〔5〕啓齒：《莊子・徐無鬼》：「吾君未嘗啓齒」。注：「啓齒：笑也。」

〔6〕眇霄漢：眇，《說文》：「小目也」。《漢書・敘傳上》師古注：「眇，細視也。」《正韻》：「眇，微也。」《後漢書・仲長統傳》：「逍遙一世之上，睥睨天地之間，不受當時之責，永保性命之期，如是則可以陵霄漢，出宇宙之外矣。」

〔7〕嬰紛滓：嬰，《說文》：「繞也。」謂爲紛紛滓穢所嬰繞也。

〔8〕相去九牛毛：《晉書・華譚傳》：「或問譚曰：諺言人之相去如九牛毛，寧有此理乎，譚對曰：昔許由巢父讓天子之貴，市道小人爭半錢之利，此之相去何啻九牛毛也。」

六十、登樂遊原春望書懷

城隅有樂遊，表裏見皇州，策馬既長遠，雲山亦悠悠，萬壑精光滿，千門喜氣浮，花間直城路，草際曲江流，憑眺茲為美，離居方獨愁，已驚玄髮換，空度綠荑柔，奮翼籠中鳥，歸心海上鷗，既傷日月逝，且欲桑榆收，豹變焉能及，鶯鳴非可求，願言從所好，初服返林丘。

【校】

1. 精光滿：四庫本、全唐詩、全唐詩稿本、白口本作清光滿。案：於義以「清光滿」爲是。

2. 豹變：成化本、湛刊本作馬變。案：《周易・革》：「君子豹變。」
3. 鸎鳴非可求：祠堂本作鸚鳴，鸎唐詩作鶯。非可求，成化本，湛刊本作可求。案：鸎鳴，鋌其友聲，於義爲是。鶯、鸎同，鸚爲形誤。

【註釋】

〔1〕樂遊：即樂遊原，陝西省長安縣之南。《關中記》：「宣帝立廟宇曲池之北，號樂遊。」《長安志》：「樂遊原居京城之最，四望寬敞，京城之內，俯視指掌，每正月晦日，三月三日，九月九日，京城士女咸就此登賞禊祓。」
〔2〕皇州：謂帝郡也。《文選》鮑照〈代結客少年場行〉：「升高臨四關，表裡望皇州。」
〔3〕悠悠：《爾雅・釋詁》：「悠悠，遠也。」《詩・王風・黍離》：「悠悠蒼天。」
〔4〕綠荑：綠荑，指綠楊也。荑，楊之秀也，《後漢書・方術下・徐登傳》：「樹即生荑。」注：「易曰：枯楊生荑。」王弼注：「荑者，楊之秀也。」
〔5〕桑榆：《後漢書・馮異傳》：「始雖垂翅回谿，終能奮翼黽池，可謂失之東隅，收之桑榆。」
〔6〕豹變：《周易・革》：「上六，居子豹變，小人革面，征凶，居貞吉。」注：「居變之終，變道已成，君子處之，能成其文。」疏：「上六居革之變，變道已成，君子處之，潤色鴻業，如豹文之蔚縟。」陸績注：「兌之陽爻稱虎，陰爻稱豹，豹類虎而小者，居子小於大人，故曰豹變。」世亦借用爲自貧賤而顯貴之辭。
〔7〕鸎鳴非可求：鸎鳴，求其友聲，見前五十二及五十七首注6。
〔8〕初服：未仕時之服也。《離騷》：「退將復修吾初服。」《後漢書・張衡傳》：「修初服之婆娑兮，長余珮之參參。」

【箋】

《張九齡年譜附論五種》：「詳詩意，當是早歲蹭蹬時作，薄宦孤羈，日月坐逝，乃不免動歸歟之歎，然則林丘初服，殆非本心，察其素志，實欲宦顯耳。」

六十一、登襄陽恨峴山

昔年亟攀踐，征馬復來過，信若山川舊，誰知歲月何，蜀相吟安在，羊公碣已磨，令圖猶寂寞，嘉會亦蹉跎，宛宛樊城岸，悠悠漢水波，逶迤春日遠，感寄客情多，地本原林秀，朝來煙景和，同心不同賞，留歎此巖阿。

【校】

1. 詩題：英華本作登襄州峴山，全唐詩作登襄陽峴山。案：《讀史方輿紀要・湖廣襄陽府・襄陽縣》：「峴山府南七里……。」據此當以峴為是。
2. 誰知：全唐詩、全唐詩稿本、英華本作誰如。
3. 吟安在：湛刊本、成化本作唫。案：吟、唫相通叚。
4. 蹉跎：四庫本、成化本、湛刊本、南雄本作蹉跑。案：跎或作跑。
5. 樊城岸：英華作樊池岸。案：樊城，位襄陽縣北。作樊城是。
6. 春日遠：祠堂本作春日滿。案：春日漸遠，故「感寄客情多」於義為宜。
7. 歎：嘉靖本作嘆。案：歎、嘆通。

【註釋】

〔1〕峴山：《讀史方輿紀要・湖廣襄陽府・襄陽縣》：「峴山府南七里，亦曰南峴。」《唐六典》：「峴山，山南道之名山也，黃祖為孫堅所敗，竄峴山中，羊祜鎮襄陽，嘗登此，亦曰峴首山。」

〔2〕蜀相吟安在：蜀相指諸葛孔明，孔明嘗作〈梁甫吟〉。《蜀志》曰：「諸葛亮好為梁甫吟。」

〔3〕羊公碣：羊祜，晉南城人，字叔子，武帝時累官尚書左僕射，都荊州諸軍事，鎮襄陽，常輕裘緩帶，身不披引與陸抗對境，務修德，吳人懷之，及卒，民為立碑峴山，望其碑皆悲感墮淚，時稱為墮淚碑。

〔4〕悠悠漢水波：《詩・小雅・黍苗》：「悠悠南行。」傳：「悠悠，行貌。」漢水源出陝西省寧羌縣北嶓冢山，初出山時名曰漾水。《書・禹貢》：「嶓冢導漾，東流為漢是也。」

【箋】

《張九齡年譜附論五種》：「荊州作二首，晨出郡舍林下，登荊州城樓，登荊州城望江，登臨沮樓，登古陽雲臺，荊州臥病懷始興林泉，九月九日登龍山，三月三日登龍山，樊妃冢，經玉泉山寺，再往玉泉山寺，登恨峴山諸詩，以上諸作皆作於荊州大都府轄內，開元二十八年南歸展墓，旋卒，則諸詩當在開元二十六年到任至今冬之間也。按當是曲江中年過境之作。《徐碑》云：「……貶荊州長史，公三歲為相，萬邦底寧，而善惡大分，背憎者眾，虞機密發，投杼生疑，百犬吠聲，眾狙皆怒，每讀韓非孤憤，涕泣沾襟。」據此可知其心境固有多足發為詩歌者。又孟浩然方遊其幕，相與唱和，宜其繁有篇什也。

六十二、九月九日登龍山

郡庭常窘束，涼野求昭曠，楚客凜秋時，桓公舊臺上，清風明日好，歷落江山望，極遠何蕭條，中留坐惆悵，東彌夏首闊，西拒荊門壯，夷險雖異時，古今豈殊狀，先賢眇不接，故老猶可訪，投弔傷昔人，揮斤感前匠，自為本疎散，未始忘幽尚，際會非有欲，往來是無妄，為邦復多幸，去國殊遷放，且泛籬下菊，還聆郢中唱，灌園亦何為，於陵乃逃相。

【校】

1. 清明風日好：白口本、嘉靖本作清風明日好。案：「清明風日好」爲是。陶潛詩：「還堵蕭然，不蔽風日」
2. 歷：四庫本作歷。
3. 中留坐：白口本作中坐留。案：中坐，坐中也。
4. 東彌：南雄本作弥。
5. 眇不接：祠堂本、李補本作渺。全唐詩、全唐詩稿本、白口本作杳。案：杳者深遠也。渺：微遠，眇，微也。於義杳爲是。
6. 踈散：全唐詩作疏，四庫本、祠堂本作疎。案：疏，踈通。
7. 忘幽尚：成化本、湛刊本作忘幽志。案：上句云：「本疎散」於義當作忘幽尚爲是。
8. 際會：湛刊本、成化本作陰會。案：際會，際遇也。《漢書》：「乘三難之際會」。於義爲是。
9. 無妄：全唐詩作无妄。案：无爲無之古體字。
10. 泛：全唐詩、全唐詩稿本作汎。案：泛，汎古今字。
11. 還聆：全唐詩、全唐詩稿本、四庫本、白口本作聆。案：上句「且泛籬下菊」下句「還聆郢中唱」於義以聆爲是。

【註釋】

〔1〕九月九日：《續齋諧記》：「汝南桓景，隋費長房，遊學累年，長房謂之曰：汝家當有災厄，急宜去，令家人各作絳囊，盛茱臾以繫臂，登高山，飲菊酒，此禍可消，景如言舉家登高，夕還，見雞犬牛羊一時暴死，長房聞之曰：代之矣。今世人每至九月九日則登山飲菊酒帶茱臾囊是也。」

〔2〕龍山：《讀史方輿紀要・湖廣・荊州府・江陵縣》：「龍山在城西北十五里，桓溫九日登高，孟嘉落帽處。志曰：龍山之西有馬山，宋乾道六年，劉珙

於荊南龍居山，牧羊五百匹，或即龍山矣。」

〔3〕窘束：窘迫拘束也。《文章軌範・侯字集序》：「筆端不窘束。」

〔4〕昭曠：《史記・鄒陽傳》：「獨觀於昭曠之道。」昭，明也。曠，廣也。

〔5〕楚客凜秋時：《楚辭・九辯》：「竊獨悲此凜秋。」

〔6〕桓公舊臺上：謂桓溫九日龍山登高之處。

〔7〕夏首：夏水之首也，夏水源出湖北省江陵縣西北，南流折東經監利縣，折北至沔陽縣，入長江。按：此水古以爲即禹貢荊州之沱。

〔8〕揮斤感前匠：即運斤也。此謂來此吟詩有愧前人，《莊子・徐無鬼》：「郢人堊漫其鼻端，若蠅翼使所石斲之，匠石運斤成風，聽而斲之，盡堊，而鼻不傷，郢人立不失容。」

〔9〕且泛籬下菊：謂安居林下也。陶潛〈飲酒詩〉：「采菊東籬下，悠然見南山。」

〔10〕郢中唱：見前三十三首註 8。

〔11〕灌園亦何爲，於林乃逃相：鄒陽〈於獄中上書自明書〉：「孫叔敖三去相而不悔，於陵子仲辭三公爲人灌園。」《說苑・尊賢》：「於陵子仲辭三公之位而傭爲人灌園。」

六十三、三月三日登龍山

伊川與霸津，今日祓除人，豈似龍山上，還同湘水濱，衰顏憂更老，淑景望非春，禊飲豈吾事，聊將偶俗塵。

【校】

1. 禊飲：嘉靖本作楔。案：禊飲，上巳日之宴聚。

【註釋】

〔1〕三月三日：上巳之日。《後漢書・禮儀志》：「三月上巳，民皆絜於流水上曰：洗濯祓除宿垢灾爲大絜。」按自魏以後但用三月三日，不復用巳日。見《晉書・禮志》。

〔2〕伊川：水名，源出河南縣盧氏縣熊耳山，東北流經嵩縣，伊洛，偃師，南入於洛，亦稱伊水，又名伊川。《漢書・地理志》：「宏農盧氏縣東有熊耳山，伊水所出。」

〔3〕霸津：霸水也，其源出陝西省藍田縣東，西南流納藍水，折西北納輞水，又西北經長安，過橋會滻水，北流入滑水，入滑之口名曰霸口，此水古名

滋水，秦穆公更名霸水，以彰霸功，隋時復名滋水，唐以後始稱霸水。

〔4〕祓除：《周禮・春官・女巫》：「掌歲時祓除釁浴。」注：「歲時祓除，如今三月上巳如水上之類。」疏：「今三月三日水上戒浴是也。」

〔5〕禊飲：上巳日之宴聚也。《後漢書・禮儀志》「三月上巳，官民竝禊飲于東流水上。」《文選》王融〈三月三日曲水詩序〉：「禊飲之日在茲。」

六十四、晚霽登王六東閣

試上江樓望，初逢山雨晴，連空青嶂合，向晚白雲生，彼美要殊觀，蕭條見遠晴，情來不可極，日暮水流清。

【校】

1. 山雨晴：李補本作山雨時。案：山雨晴，山雨剛過，天空青朗。
2. 遠晴：祠堂本、白口本、四庫本、全唐詩、全唐詩稿本作遠情。案：於義以遠情爲是。

【註釋】

〔1〕王六：即王履震，見前五十六首箋。

〔2〕山雨：山中之雨也。沈約〈比丘尼僧敬法師碑〉：「松飈轉蓋，山雨披衣。」宋之問〈度大庾嶺詩〉：「山雨初含霽，江雲欲變霞。」

〔3〕青嶂：青翠之山。沈約〈遊鍾山詩〉：「鬱崋搆丹巘，崚嶒起青嶂。」

六十五、登郡城南樓

閑閣幸無事，登樓聊永日，雲霞千里開，洲渚萬形出，澹澹澄江漫，飛飛度鳥疾，邑人半艫艦，津樹多楓橘，感別時已屢，憑眺情非一，遠懷不我同，孤興與誰悉，平生本單緒，邂逅承優秩，謬忝為邦寄，多慚理人術，駑鈆雖自勉，倉廩素非實，陳力儻無效，謝病從芝朮。

【校】

1. 詩題：英華本作登郡城南樓作。
2. 閑閣：英華本、祠堂本、全唐詩、全唐詩稿本、白口本作閉閣。案：閉閣者，無事掩閣而登城南樓，故以閉閣爲是。此本誤當改。
3. 澹澹：嘉靖本作淡淡。案：澹、淡通。
4. 不我同：全唐詩作不我侗。案：遠懷不與我相同，故云孤興與誰悉。於義不我同爲是。

5. 駑鈆：四庫本作駑駘，英華本、祠堂本、全唐詩稿本、全唐詩作駑鉛。案：駑鉛、駑駘皆劣馬也，鈆爲鉛之俗體字。
6. 儻無效：祠堂本、全唐詩、李補本作倘無效。全唐詩稿本作儻無効。案：儻、倘同。效、効相通。

【註釋】

〔1〕澹澹：《說文》：「水緐貌也。」張衡〈東京賦〉：「綠水澹澹。」注：「善曰：澹澹，水搖也。」

〔2〕邑人半艫艦：《周易・比》：「邑人三百戶。」邑人，村人也。艫：《說文》：「舳艫也。」段注：「每方丈爲一舳艫。」

〔3〕單緒：喻致忠於一。《玉篇》：「單，一也，隻也。」緒：《說文》：「絲耑也。」張衡〈東京賦〉注：「統也。」

〔4〕邂逅承優秩：《詩・鄭風・野有蔓草》：「野有蔓草，零露溥兮。野有美人，清揚婉兮，邂逅相遇，適我願兮。」傳：「邂逅，不期而會。」秩：祿也。《左傳・莊公十九年》：「而收膳夫之秩。」《荀子・彊國》：「官人益秩，庶益祿。」

〔5〕駑鉛：駑謂駑馬，鉛謂鉛刀，借以喻才具之平凡也。呂公著〈定州謝上表〉：「顧駑鉛之難強，嗟蒲柳之易衰。」

〔6〕陳力：陳其才力也。《論語・季氏》：「陳力就列，不能者止。」《漢書・敘傳》：「英雄陳力，群策畢舉。」

〔7〕謝病從芝朮：以病辭官也。《戰國策・秦策》：「應侯因謝病，謝歸相印。」《史記・秦始皇紀》：「王剪謝病老歸。」芝：《說文》：「神岫也。」朮：「稷之黏者。」《爾雅・釋草》：「朮，山薊也。」芝朮，喻服藥也。

【箋】

溫汝适《曲江集考證上》：「以登荊州城樓詩有層樓百餘尺，迢遞在西隅句證之，則荊州之樓乃西樓，疑此南樓當在洪州，又登樓望西山云：城樓枕南浦，日夕顧西山，亦洪州有南樓之一證。登郡城南樓云：邑人半艫艦，津樹多楓橘。謬忝爲邦寄，多慙理人術。陳力倘無效，謝病從芝朮。心境風物皆爲在洪州之寫照。」

六十六、歲初巡屬縣登高安南樓言懷

山城本孤峻，憑高結層軒，江氣偏宜早，林英粲已繁，餘滋含宿霽。眾妍在朝暾，拂衣釋簿領，伏檻遺紛喧，深俯東溪澳，遠延南山樊，歸雲納前嶺，去鳥投遙村，目盡有餘意，心惻不可諼，朅來彭蠡澤，載經敷淺原，春及但生思，時哉無與言，不才叨過舉，唯力酬明恩，美化猶寂蔑，迅節徒飛奔，雖無立成效，庶以去思論，行復徇孤迹，亦云吾道存。

【校】

1. 粲已繁：祠堂本、李補本作燦。案：粲，鮮明貌。粲、燦相通。
2. 餘滋：白口本、成化本、嘉靖本、祠堂本、全唐詩、全唐詩稿本作玆。案：滋與玆通。
3. 宿霽：李補本、湛刊本、白口本、祠堂本、嘉靖本、四庫本、全唐詩、全唐詩稿本。同此本作霽，一本或作霽。
   案：霽，雨過天青。霽爲形誤。
4. 成效：全唐詩、全唐詩稿本作効。案：效、効通。

【註釋】

〔1〕高安：《元和郡縣圖志‧卷二十八》云：「高安縣，東至州一百五十里……屬洪州。」《唐州‧地理志》：「洪州豫章郡縣高安。」

〔2〕層軒：重樓，重屋也。褚亮〈奉和聖月應魏王教詩〉：「層軒登皓月，流照滿中天。」

〔3〕朝暾：早日也。吳少徵〈隴頭水詩〉：「嚴霜斂曙色，大明辭朝暾。」

〔4〕拂衣釋簿領：謝靈運〈述祖德詩〉：「高揖七州外，拂衣五湖裏。」隱於五湖，喻歸隱者。簿領：六書也。《南史‧孔廣傳》：「廣，美容止，善談論，王儉常云：『廣來使人廢簿領。』」

〔5〕伏檻遺紛喧：張衡〈西京賦〉：「伏櫺檻而頫聽。」鮑照〈秋夜詩〉：「遯跡避紛喧，貨農棲寂寞。」

〔6〕不可諼：《詩‧衛風‧淇澳》：「終不可諼兮。」注：「諼，忘也。」

〔7〕朅來彭蠡澤：《正字通》：「朅，發語辭，朅來猶聿來，今詩家以朅來爲去來。」《漢書‧地理志》：「彭澤在豫章彭澤縣南。」

〔8〕敷淺原：《書‧禹貢集注音疏》：「敷，傅古通用，則敷淺原即傅易川也。

蓋傳易川發源於傳易山，故即以山名名其川。據其流言則曰傳易川，推本其始，則謂之敷淺原，水經言敷淺原地者，亦謂傳易川上之地。」

〔9〕寂蔑：寂，靜也，蔑，無也。《晉書・張駿傳》：「江吳寂蔑，餘波莫及。」

〔10〕去思論：《漢書・何武傳》：「居官無赫赫之名，去後常見思。」《書言故事評論類》：「去後人見思。」

【箋】

《彙編唐詩》：「鍾云：唐人五言古，惟張曲江有漢魏意脉，不使摸索，其字形，音響而遽知共爲漢魏，所以爲直漢魏也。唐云：長篇有體，如人五官四肢，不可雜亂，據此體必宜如此起結。」

六十七、登樓望西山

城樓枕南浦，日夕顧西山。宛宛鸞鶴處，高高煙霧間，仙井今猶在，洪崖久不還。金編惟我授，羽駕亦誰攀。簷際千峰遠，雲中一鳥閒。縱觀窮水國，遊思遍人寰。勿復塵埃事，歸來且閉關。

【校】

1. 詩題：四庫本作登城樓望西山。全唐詩、全唐詩稿本、英華本作登城樓望西山作。案：詩句首爲城樓枕南浦，詩題宜作登城樓。
2. 日久：四庫本、嘉靖本、英華本、祠堂本、白口本、全唐詩、全唐詩稿本作日夕。案：日夕者，點出登樓時間，作日久則不通。
3. 煙霧：祠堂本作烟。案：烟同煙。
4. 洪崖：全唐詩、全唐詩稿本作洪厓。案：厓與崖同。
5. 惟我授：四庫本作誰我授。全唐詩、全唐詩稿本、英華本作莫我授。
6. 鳥閒：四庫本、嘉靖本、全唐詩、全唐詩稿本作閑。案：閑、閒通叚。
7. 千峰遠：全唐詩、全唐詩稿本作千峰出。案：整首詩每句末音節以仄平收，且詩中有云煙霧間，故此處宜作遠。
8. 游思：全唐詩、全唐詩稿本、嘉靖本作遊思。案：遊與游同。
9. 遍人寰：全唐詩、全唐詩稿本作徧。案：遍與徧同。
10. 誰攀：四庫本、全唐詩作難攀。

【註釋】

〔1〕西山：同治十六年修《南昌府志・卷二・新縣山》云：「西山在縣治西章

江外三十里……水經注作散原山。」

〔2〕鸞鶴：仙人所乘之鳥也。江淹〈從冠軍建王登廬山香鑪峰詩〉：「此山具鸞鶴，往來盡仙靈。」湯惠休〈明妃曲〉：「驂駕鸞鶴，往來仙台。」

〔3〕仙井：仙人所用之井，此處指洪井。《豫章記》：「厭原山有洪井，飛流懸注，其深無底，舊書說洪崖先生井也。」

〔4〕洪崖久不還：《神仙傳》：「衛叔青歸華山，漢武帝令叔卿子度求之，見其父與數人博度門曰：向與博者爲誰，叔卿曰：是洪崖先生，王子普薛容也。」《江西通志》：「仙人名稱曰洪崖先生，或曰即黃帝之臣伶倫。」

〔5〕金編：以金絲編書。沈約〈華山館爲國家營功德詩〉：「錦書飛雲字，玉簡黃金編。」《舊唐書・禮儀志》：「玉策四枚，每冊五簡，俱以金編，其一奠上帝，一奠太祖座，一奠皇帝祇，一奠高宗座。」

〔6〕人寰：人境也。鮑照〈舞鶴賦〉：「去帝鄉之岑寂，歸人寰之喧卑。」

〔7〕塵埃事：《楚辭・漁父》：「安能以皓皓之白，蒙世俗之塵埃乎。」陶潛〈赴假還江陵詩〉：「遂與塵事焉。以喻塵俗之事。」

〔8〕歸來且閉關：歸來謂退隱也。陶潛〈歸去來辭〉，其辭曰：「歸去來兮，田園將蕪胡不歸。」《文中子・周公》：「溫彥博問曰：劉靈何人也？子曰：古之閉關人也。閉關：閉門謝絕人載事。」《文選》顏延之〈五君詠〉：「劉伶善閉關，懷情滅聞見。」

六十八、候使石頭驛樓

山檻憑高望，川途眇北流，遠林天翠合，前浦日華浮，萬井緣津渚，千艘咽渡頭，漁商多末事，耕稼少良疇，自守陳蕃榻，嘗登王粲樓，徒然騁目處，豈是獲心遊，向跡雖愚谷，求名亦盜丘，息陰芳木所，空復越鄉憂。

【校】

1. 詩題：全唐詩、全唐詩稿本、英華作侯使登石頭驛樓作。
2. 高望：全唐詩、全唐詩稿本、英華本作南望。案：登樓當望川流，故此處當以作南望爲是。
3. 眇北流：英華本作渺北流。案：眇、渺相通。
4. 亦盜丘：祠堂本作異盜邱，全唐詩、全唐詩稿本作異盜丘。案：「雖」與「亦」祠性同，作亦爲是。丘，邱相通。

【註釋】

〔1〕石頭驛樓：江蘇省江寧縣西。《建康志》：「北緣大江，南抵秦淮口，去臺城九里，天朝以來皆守此爲固，諸葛亮所云石頭虎踞是也。」

〔2〕日華浮：日華：日光也。謝朓〈和徐都曹詩〉：「日華川上動，風光草際浮。」

〔3〕漁商多末事：末事，末業也。《史記・貨殖傳》：「天用貧求富，農不如工，工不如商，刺繡文不如倚市門，此言末業貧者之資也」。

〔4〕陳蕃榻：《後漢書・陳蕃傳》：「蕃爲樂安太守云云，郡人周璆，高潔之士，前後郡守招命莫肯至，唯蕃能致焉，字而不名，特爲置一榻，去則縣之云云。」《後漢書・徐穉傳》：「徐穉字孺子，豫章南昌人也，時陳蕃爲豫章太守，以禮請署功曹，蕃在郡不接賓客，唯穉來，特設一榻，去則縣之。」

〔5〕王粲樓：王粲避難荊州，依附劉表，嘗登江陵城樓懷歸故里，作登樓賦。粲登樓處在荊門縣，即當陽縣城樓，屬湖北省安陸縣。

〔6〕愚谷：《說苑・政理篇》：「齊桓公逐鹿而走入山谷之中，見一老公而問之曰：是爲何谷。對曰：是爲愚公之谷。」蓋借喻跡逐宦途也。

〔7〕求名亦盜丘：謂求如孔丘之避泉也。《水經・泗水注》：「尸子曰：孔子至于暮矣，而不宿于盜泉，渴矣而不飲，惡其名矣。」

〔8〕越鄉憂：謂懷鄉也。王粲〈登樓賦〉：「莊舄顯而越吟。」《史記》：「……昔越人莊舄仕楚執珪，有頃而病。楚王曰：舄故越之圖細人也。今仕楚執珪富貴矣，亦思越不？對曰：凡人之思故在其病也，彼思越則越聲，不思越則且楚聲，人往聽之，猶尚越聲也。」

六十九、登荊州城樓

天宇何其曠，江城坐自拘，層樓百餘尺，迢遞在西隅，暇日時登眺，荒郊臨故都，纍纍見陳迹，寂寂想雄圖，古往山川在，今來郡邑殊，北疆雖入鄭，東距豈防吳，幾代傳荊國，當時敵陝郛，上流空有處，中土復何虞，枕席夷三峽，關梁豁五湖，承平無異境，守隘莫論夫，自罷金門籍，來參竹使符，端居向林藪，微尚在桑榆，直似王陵戇，非如甯武愚，今茲對南蒲，乘鴈與雙鳧。

【校】

1. 詩題：英華本作登荊州城樓作。

2. 暇日：祠堂本作夏日。案：此處作暇日爲宜。

3. 豁五湖：祠堂本作闊五湖。

4. 微尙：英華作微景。案：微尙，高尙之志，於義爲是。

5. 鴈：全唐詩作雁。案：雁、鴈同。

【註釋】

〔1〕荊州：見前第四十一首註 5。

〔2〕故都：東漢置荊州，治在襄陽，三國吳置荊州於南郡，即今江陵縣，晉陶侃移荊州鎭巴陵，即今湖南岳陽縣治，隋廢而復置，唐爲江陵府，故稱故都。

〔3〕纍纍：相連不絕貌。《禮・樂記》：「纍纍乎端如貫珠。」

〔4〕雄圖：喻三國時群雄割據一方之情。

〔5〕北疆雖入鄭：鄭，古之鄭國與荊州接壤，故有此語。

〔6〕陝郛：陝，地名。周爲王畿，周召二公所治地於此分界後，魏置陝州。郛，郭也。

〔7〕枕席夷三峽：謂荊州之枕席三峽也。三峽介川鄂之間，荊州古及四川，故謂枕席也。

〔8〕關梁豁五湖：謂荊州之勢如關門橋梁之當五湖也。五湖之說不一，而其方位皆當荊州之外，如關梁之在上也。

〔9〕佇使符：《史記・孝文紀》：「二年九月，初與郡國相守，爲銅虎符，竹使符。」集解曰：「應劭曰：竹使符皆以竹箭五枚長五寸鐫刻篆書，第一至第五。」顏師古注：「右留京師，左與之。」

〔10〕王陵戇：《漢書・卷四》：「王凌，漢沛人。始爲縣豪，高祖微時，陵兄事之，及高祖起沛，陵聚眾屬之，楚漢戰時，陵母爲項羽所得，陵使至，羽使陵母招陵，陵母私送使者曰：爲我語陵，善事漢王，無以我故懷二心，乃伏劍而死，天下既定，陵受封爲安國侯，惠帝時用爲右丞相，呂后欲王諸呂，以問陵，陵不可，乃遷陵太傅，實奪其權，謝病免。」此謂王陵之不喜阿諛附和也。

〔11〕甯武愚：指春秋衛國大夫甯愈，謚武。《論語・公冶長》：子曰：「甯武子邦有道則知，邦無道則愚，其知可及也，其愚不可及也。」謂不及甯武之愚智也。

七十、登荊州城望江二首

滔滔大江水，天地相終始，經閱幾世人，復歎誰家子，東望何悠悠，西來晝夜流，歲月既如此，為心那不愁。

【校】

1. 詩題：全唐詩、全唐詩稿本與此本同。

【註釋】

〔1〕荊州城：見前四十一首註3。

〔2〕望江：江指長江也。唐時荊州治江陵縣城臨長江北岸。

〔3〕滔滔：大水貌。《詩・小雅・四月》：「滔滔江漢。」《論語・微子》：「滔滔者天下皆是也，而誰以易之。」集解：「孔安國曰：滔滔者，周流之貌也。」

七十一、秋晚登樓望南江入始興郡路

潦收沙衍出，霜降天宇晶，伏檻一長眺，津途多望情，思來江山外，望盡煙雲生，滔滔不自辨，役役且何成，我來颯衰鬢，孰云飄華纓，櫪馬苦踡跼，籠禽念遐征，歲陰向晼晚，日夕空屏營，物生貴得性，身累猶近名，內顧覺今是，追歡何時平。

【校】

1. 詩題：一本缺路字，當補。
2. 煙：祠堂本作烟。
3. 自辨：祠堂本作辦，白口本、全唐詩稿本作辯。案：辨，別也。辯、辨通。辯，變也。
4. 望情：祠堂本、四庫本、英華本、全唐詩、全唐詩稿本作遠情。案：遠情，開元十八年七月，九齡轉授桂州刺史、兼嶺南按察使，離京邑遠，心牽繫之，故以遠情爲是。此本當改。
5. 衰鬢：嘉靖本作鬂。案：鬂爲俗體字。
6. 飄華英：四庫本作彯華英。案：彯爲輕便，於義以飄爲是。
7. 櫪馬：四庫本作櫪馬。
8. 向晼晚：英華本作生晼晚。案：晼晚爲日暮，時間從日出走向日暮，作「向」爲是。
9. 猶近名：祠堂本、全唐詩、全唐詩稿本、四庫本作由近名。案：由於近名，故身有牽累，於義以作「由」爲是。

10. 追歡：祠堂本、白口本、四庫本、英華本、全唐詩、全唐詩稿本作追歎。案：追歎者，追憶死者而讚美之。追歡，尋觀也。以追歎爲是。

【註釋】

〔1〕始興郡：見前五十四首註2。

〔2〕潦收沙衍出：再止露出沙洲。《說文》：「潦，雨水也。」《穆天子傳・卷三》：「天子乃遂東征，南絕沙衍，辛丑，天子渴於沙衍求飲。」注：「沙衍，水中有沙者。喻水中之沙洲。」

〔3〕飄華纓：華麗之冠也。鮑照〈詠史詩〉：「仕子影華纓，遊客竦輕轡。」

〔4〕櫪馬苦踡跼。羈於櫪中之馬，喻不自由也。潘岳〈馬汧督誄〉：「青烟旁起，櫪馬長鳴。」《玉篇》：「踡，踡跼不伸也。」《楚辭・王逸・九思憫上》：「踡跼兮寒局數。」注：「踡跼，傴僂也。」魏武帝〈步出夏門行〉：「老驥伏櫪，志在千里，烈士暮年，壯心不已。」

〔5〕遐征：繁欽〈與魏文帝牋〉：「詠北狄之遐征，奏胡馬之長思。」

〔6〕晼晚：《楚辭・嚴忌・哀時命》：「白日晼晚，其將入兮哀余壽之弗將。」陸機〈歎逝賦〉：「老晼晚其將及。」注：「良曰，晼晚，日暮也。」

〔7〕得性：適合其性。《詩・小雅・魚藻傳》：「魚以依蒲藻爲得其性。」梁昭明太子〈七契〉：「輕蕩遊觀，非予所躭，得性行樂，從好南山。」

【箋】

《彙編唐詩》：「鍾云：潦收沙衍出，五字寫盡秋晚。身累猶近名，英雄心迹。」

七十二、登臨沮樓

高深不可厭，巡屬復來過，本與眾山絕，況茲韶景和，危樓入水倒，飛檻向空摩，雜樹緣青壁，樛枝掛綠蘿，潭清能徹底，魚樂好跳波，有象言難具，無端思轉多，同懷不在此，孤賞欲如何。

【校】

1. 綠蘿：李補本作緣蘿，綠與前句青屬顏色對。當爲是。

2. 言難具：白口本、全唐詩、全唐詩稿本作言雖具。案：此處言美景雖能言，然思緒却無法道說而沒有端由的生多。以作「言雖具」爲是。

【註釋】

〔1〕臨沮樓：民國十年修《湖北通志》卷十八當陽縣古蹟云：「臨沮故城在縣西北，漢置。」

〔2〕韶景：韶光春景。梁元帝《纂要》：「春景曰韶景。」苗秀〈登春臺賦〉：「玩韶景而則麗，聆微風而轉和。」

〔3〕樛枝：曲枝。謝眺〈敬亭山詩〉：「交滕荒且蔓，樛枝聳復低。」

〔4〕魚樂：《莊子・秋水》：「莊子與惠子，遊於濠梁之上，莊子曰：儵魚出遊從容，是魚樂也。」

七十三、登古陽雲臺

庭樹日衰颯，風霜未云已，駕言遣憂思，乘興求相似，楚國茲故都，蘭臺有餘址，傳聞襄王世，仍立巫山祀，方此全盛時，豈無嬋娟子，色荒神女至，魂蕩宮觀侈，蔓草今如積，朝雲為誰起。

【校】

1. 魂蕩宮觀侈：四庫本、成化本、湛刊本、全唐詩、全唐詩稿本、白口本作宮觀啓，英華本作裏，嘉靖本同此本漏缺此字。案：由於神女至，而宮觀爲之開啓。韻脚亦相合，故當以啓爲是。

【註釋】

〔1〕古陽雲臺：《湖北通志・卷十八・當陽縣古蹟》轉引《太平御覽》引《荊州記》：「陽雲台在縣北，楚王所建。」

〔2〕楚國茲故都，蘭臺有餘址：宋玉〈風賦〉：「楚襄王遊於蘭臺之宮。蘭臺於湖北省鍾祥縣治之東，其所指之餘址指蘭臺宮，楚王宮殿之名。」司馬相如〈長門賦〉：「下蘭臺而周覽兮，步從容於深宮。」

〔3〕駕言遣憂思：駕，乘車也。《詩・邶風・泉水》：「駕言出遊，以遣我憂。」

〔4〕傳聞襄王世：宋玉〈高唐賦〉李善注：「襄陽耆舊傳曰：楚懷王遊於高唐，晝寢，夢見與神遇，自稱是巫山之女，王因幸之，遂爲置觀於巫山之南，號爲朝雲，後世襄王稱，復遊於高唐。」

〔5〕神女至：《文選》宋玉〈神女賦序〉：「楚襄王與宋玉遊于雲夢之蒲，使玉賦高唐之子，其夜王寢果夢與神女遇。」

〔6〕宮觀：謂離宮別館，帝王遊憩之所也。《史記・秦始皇本紀》：「咸陽之旁二百里內宮觀二百七十。」

【箋】

陳沆箋曰：「此與樊紀墓篇皆在荊州一時所作，蓋慨武惠妃之同也。公拒武惠妃傾東宮援壽王之謨，而林甫潛輸諛媚，于是內外萋斐，遂不安位而去，故首云駕言遣憂思，乘興求相似，明寄託也。方此全盛時，豈無嬋娟子，思得賢淑以佶其君也。」

七十四、陪王司馬登薛公逍遙臺

嘗聞薛公淚，非直雍門琴，竄逐留遺跡，悲涼見此心，府中因暇裕，江山幸招尋，人事已成古，風流獨至今，閒情多感歎，清景暫登臨，無復甘棠在，空餘蔓草深，晴光送遠目，勝氣入幽襟，水去朝滄海，春來換碧林，賦懷湘浦弔，碑想漢川沉，曾是陪遊日，徒為梁甫吟。

【校】

1. 嘗聞：祠堂本、四庫本與此本同。
2. 留遺跡：革華本作留餘跡。案：留即有餘留之意，遺跡指逍遙台，於義以遺跡爲是。
3. 暇裕：四庫本、英華本、全唐詩、全唐詩稿本、白口本作暇豫。案：裕，寬裕。豫，逸樂。「暇裕」指時間寬裕，故下句有言「閑情」。
4. 閒情：四庫本、嘉靖本、全唐詩同此本。
5. 暫登臨：全唐詩、全唐詩稿本作暫。案：暫同暫。
6. 遊日：嘉靖本作游日。
7. 梁甫吟：祠堂本、李補本、全唐詩作梁父吟。案：梁甫吟，一作梁父吟。

【註釋】

〔1〕司馬：司馬，官名。見前三十七首註1。

〔2〕薛公逍遙臺：光緒元年《修曲江縣志・卷八・輿地》云：「逍遙臺在城南五里，武水東，隨刺史薛道衡建。」張九齡〈陪王司馬登薛公逍遙臺序〉：「故郡城有荒臺焉，雖層宇落構，而遺制巋然，邑老相傳，斯則薛公道衡之所憩也。」

〔3〕雍門琴：《說苑・善說二》：「雍門子周以琴見孟嘗君，因而貧富強弱之勢，兼以琴音動之，孟嘗君涕淚增欷而就之曰：先生之鼓琴，今文若破國亡邑之人也。」

〔4〕薛公淚：《北史》：「上不欲道衡久知機密，因出檢校襄州總管，道衡一旦見出，不勝悲戀，言之哽咽，帝愴然改容……」

〔5〕無復甘棠在：棠陰遺愛也，見前四十二首註6。

〔6〕賦懷湘浦弔：賈誼〈弔屈原賦〉：「造託湘流兮，敬弔先生。賈誼既被讒言，謫爲長沙王太傅，意甚不平，及渡湘水，傷弔己遇竟同屈原，乃作斯賦以弔之。」

七十五、賀給事嘗詣蔡起居郊館有詩因命同作

記言聞直史，築室面層阿，豈不承明入，終云幽意多，沉冥高士致，休澣故人過，前嶺游氛滅，中林芳氣和，茲辰阻佳趣，望美獨如何。

【校】

1. 休澣：南雄本作休暇。案：鮑照詩：「休澣自公日」當作休澣爲是。

【註釋】

〔1〕給事：給事，官名，見前三十六首註11。

〔2〕起居：起居注，官名。掌侍皇帝起居，記述其言行者，即周左史右史之職，時由宮中女史任，魏晉時有職無官，後魏始置起居令史，唐宋時有起居郎、起居舍人。

〔3〕直史：直筆史官。《南史・王曇首傳》：「上欲封曇首等，曇首曰：陛下雖欲私臣，當如直史何。」

〔4〕層阿：重疊之山。沈約〈從軍行〉：「江飈鳴疊嶼，流雲照層阿。」

〔5〕休澣：官吏之休暇。鮑照〈翫月城西門廨中詩〉：「休澣自公日，宴慰及私辰。」

七十六、嘗與大理丞袁公太府丞田公偶詣一所林招尤勝因並坐其次相得甚歡遂賦詩焉以詠其事。

方駕與吾友，同懷不異尋，偶逢池竹處，便會江湖心，夏近林方密，春餘水更深，清華兩輝映，閒步亦窺臨，蘋藻復佳色，鳧鷖亦好音，韶芳媚洲渚，蕙氣襲衣襟，蕭散皆為樂，徘徊從所欽，謂予成夙志，歲晚共抽簪。

【校】

1. 詩題：常，嘉靖本、四庫本、英華本、全唐詩、全唐詩稿本作嘗。案：由

於爲偶詣，故以以嘗爲是。裘公：英華本、全唐詩、全唐詩稿本作袁公。案：袁公指袁補闕袁暉。太府：英華本作大府。林招：祠堂本、英華本、白口本、李補本、南雄本、四庫本、全唐詩、全唐詩稿本作林沼。案：沼者，池也，當爲是。

2. 林方密：嘉靖本作臨方密。案：林方密，指夏日樹木方繁盛，於義爲是。
3. 清華：英華本作青華。案：清華者，景物優美。《文選》：「景冥鳴禽集，水木湛清華。」於義爲是。
4. 輝映：全唐詩稿本作輝暎。案：暎爲映之俗字。
5. 閑步亦窺臨：嘉靖本、四庫本、全唐詩、全唐詩稿本作閒步。英華本作一窺臨。案：前句爲兩輝映，爲數字對，於義爲是。
6. 韶芳：社堂本作韶光。案：韶光指美好的時光則義通，與蕙氣相對仗。
7. 徘徊：全唐詩作裴回。案：當以徘徊爲是。
8. 徒所欽：四庫本、嘉靖本、白口本、全唐詩、全唐詩稿本作從所欽。案：徒所欽，以目前有官職在身，徒然欽羡，於義爲是。
9. 謂予：英華本作子。

【註釋】

〔1〕大理丞：官名，掌刑法之事。《禮記・月令》：「命理瞻傷察創視折注理，治獄官也。有虞氏日士，夏曰大理，周曰大司寇，秦漢並曰廷尉，北齊復曰大理卿，歷代因之。」

〔2〕太府丞：《周禮・天官序官大府》注：「大府爲王治藏之長，若今司農矣。」《周禮・天官太府》注：「太府掌九貢九賦之貳，梁陳時置太府卿，掌庫藏財物，北齊曰太府寺，加置少卿，歷代因之。」

〔3〕方駕：謂並車而行。《後漢書・馬防傳》：「臨洮道險，車騎不得方駕。」

〔4〕江湖心：隱士之心懷，江湖對朝廷而言，指隱士所居也。《南史・隱逸傳》：「或遁跡江湖之上。」。

〔5〕鳧鷖：《詩・大雅・鳧鷖》：「鳧鷖在涇，公尸來燕來寧。」傳：「鳧，水鳥也。鷖，鳧屬。」太平則萬物眾多。

〔6〕抽簪：歸隱也，簪以固冠於髮，仕官者必束髮整冠。張協〈詠史詩〉：「抽簪解朝衣，散髮歸海隅。」注：「銑曰：簪，冠簪也。」凡束髮爲從官，散髮爲罷官。

七十七、與生公尋幽居處

同方久厭俗，相與事遐討，及此雲山去，窅然巖徑好，疑入武陵源，如逢漢陰老，清諧欣有得，幽閒歘盈抱，我本玉堦侍，偶訪金僊道，茲焉求卜築，所過皆神造，歲晚林始敷，日晏崖方杲，不種緣嶺竹，豈植臨潭草，即途可淹留，隨日成黼藻，期為靜者說，曾是終焉保，今為簡書畏，祇令歸思浩。

【校】

1. 同方久厭俗：四庫本作同方入厭俗，南雄本作同方子厭俗。案：同方久厭俗，點明尋幽居處之因，故以久厭俗爲是。
2. 幽閒：全唐詩、全唐詩稿本同此本。。
3. 玉堦侍：全唐詩、全唐詩稿本作玉階侍。案：階與堦同。
4. 金僊道：惟嘉靖本同作金僊道。
5. 祇令：白口本、嘉靖本作秖；全唐詩稿本作秖。
6. 隨日：四庫本作隨目。

【註釋】

〔1〕窅然：深遠也。《莊子・逍遙》：「窅然喪其天下。」

〔2〕武陵源：晉陶淵明作桃花源記，云：「太元中武陵之漁人，沿溪行，偶入桃花之林，林盡水源至一仙境。」後世喻遠離世間之另一天地。

〔3〕漢陰老：古老隱逸者。湖北省漢陽縣，漢水之南有漢陰山，因漢陰丈人得名，江淹〈爲建平王聘隱逸教〉：「挹於陵之操，想漢陰之高。」

〔4〕玉堦：《漢書・外戚傳下》：「華殿塵兮玉階落，中庭萋兮綠草生。」

〔5〕金仙道：泛指神仙。《法苑珠林》：「有二金仙，修道石室。」

〔6〕日晏：即日暮，黃昏。《呂覽・愼小》：「明日日晏矣，莫有僨表者。」《史記・張湯傳》：「湯每朝奏事，語國家用，日晏，天子忘食。」

〔7〕簡書畏：《詩・小雅・出車》：「豈不懷歸，畏此簡書。」傳：「簡書戒命也，鄰國有急，以簡書相告，則奔命救之。」疏：「古無紙，有事書之於簡，謂之簡書，以相戒命也。」

七十八、與生公遊石窟山

深秘孰云遠，忘懷復爾同，日尋高深意，宛是神仙中，躋險遘靈室，詭制

非人功，潛洞黝無底，殊庭忽似夢，豈如武安鑿，自若茅山通，造物良有寄，嬉遊迺惬衷，猶希宴玉液，從此昇雲空，咄咄共携手，泠然且馭風。

【校】

1. 深秘：祠堂本、全唐詩、四庫本、白口本、全唐詩稿本作探秘。嘉靖本、南雄本作深秘。與此本同。案：於義作探秘爲是。
2. 爾：南雄本作尔，二字通。
3. 遘靈室：全唐詩、全唐詩稿本、白口本作搆靈室。案：遘，遇也，見也。於義爲是。
4. 宴玉液：四庫本、全唐詩、全唐詩稿本作咽玉液，白口本作咽。案：咽，嚥也，咽爲俗體字，嚥玉液，可昇雲空，當作「咽玉液」爲是。
5. 携：全唐詩作攜，四庫本作攜。案：攜與擕同，携爲俗體字。
6. 泠然：祠堂本、嘉靖本、四庫本、全唐詩、全唐詩稿本同此本。案：泠然，輕妙貌，莊子：「列子御風而行，泠然善也。」一本作冷者非是。

【註釋】

〔1〕石窟：《魏書・釋老志》：「曇耀帝，於京城西武周塞，鑿山石壁，開窟五所，鐫建佛像各一，又搆三級石佛圖，爲京華壯觀。」按石窟寺建于後魏，魏帝屢幸之，鑿山爲巖，因巖鐫佛，巖高二百餘尺，佛高者六十七尺，雕飾奇偉，冠於一世。

〔2〕武安鑿：武安，後魏置，在陝西省舊漢中府境。

〔3〕茅山通：茅山在江蘇省句容縣東南，本名句曲山，漢茅盈與弟固衷得道成仙於此。劉大彬《茅山志》：「句曲山，漢有三茅君，來治其上，時父老又轉名茅君之山，三君往乘白鵠，各集山之三處，時人互有見者，乃復因鵠集之處，分爲大茅君、中茅君、小茅君三山焉，統而言立，是句曲三山耳。」

〔4〕玉液：長生之仙藥。《隋書・經籍志・道經》：「金丹玉液，長生之事，歷代糜費，不可勝紀。」

〔5〕泠然且馭風：泠然，輕妙之貌。《莊子・逍遙遊》：「夫列子御風而行，泠然善也。」

七十九、林亭詠

穿竹非求麗，幽閒欲寄情，偶懷因壤石，真意在蓬瀛，苔益山文古，池添

竹氣清，從茲果蕭散，無事亦無營。

【校】

1. 詩題：英華本作林亭作。
2. 穿竹：四庫本、英華本、全唐詩、全唐詩稿本作穿築。案：穿築，掘土築台也。《南史》：「天監初，賜遣第，又加穿築。」於義爲是。
3. 幽閒：嘉靖本、四庫本、全唐詩、全唐詩稿本同此本。
4. 壤石：嘉靖本、四庫本、全唐詩、全唐詩稿本同此本。李補本作壞石。案：壤石，土石也。《說苑》：「夫太山不辭壤石。」

【註釋】

〔1〕眞意在蓬瀛：陶潛詩：「此中有眞意，欲辨又忘言。」蓬瀛指蓬萊瀛州二仙山。唐太宗〈小山賦〉：「想蓬瀛兮靡覿，望崑閬兮難期。」

〔2〕山文：山之形狀文采也。《後漢書・馬融傳》：「山壘常滿。」注：「山壘書爲山」文。

〔3〕無營：蔡邕〈釋誨〉：「安貧樂道，與世無營。」謂無營求。《廣雅・釋詁》：「營，得也。」

八十、郡舍南有園畦雜樹聊以永日

為郡久無補，越鄉空復深，苟能秉素節，安用叨華簪，却步園畦裏，追吾野逸心，形骸拘俗吏，光景賴閑林，內訟誠知止，外言猶匪忱，成蹊謝李逕，衛足感葵陰，榮達豈不偉，孤生非所任，江城何寂歷，秋樹亦蕭森，下有北流水，上有南飛禽，我願從歸翼，無然坐自沉。

【校】

1. 詩題：雜樹，李補本作襍樹。案：襍爲雜之本字。
2. 閑林：全唐詩、四庫本作閒。
3. 豈不偉：英華本作豈不幸。
4. 孤生：英華本作孤心。
5. 寂歷：四庫本作歴。
6. 坐自沈：英華本作空自沉。

【註釋】

〔1〕華簪：簪以固冠，仕宦者用之，華簪謂貴仕也，轉喻地位顯貴。陶潛〈和

郭主簿詩〉：「此事眞復樂，聊用忘華簪。」

〔2〕內訟：自責也。《論語・公冶長》：「吾未見能見其過而內自訟者也。」《晉書・蔡謨傳》：「歸罪有司，內訟恩愆。」

〔3〕外言：男子有關公務之言，別於家常私語之稱。《禮記・曲禮上》：「外言不入於梱，內言不出梱。」注：「外言、內言，男女之職也。」

〔4〕成蹊謝李逕：《史記・李廣傳》：「諺曰：桃李不言，下自成蹊。」言桃李以其華實之故。非有所召呼，而人爭歸趨，來往不絕，其下自然成逕，以喻人懷誠信之心，故能潛有所感。

〔5〕衛足感葵陰：《左傳・成公十七年》：「秋七月壬寅，刖鮑牽，而逐高無咎，無咎奔莒，高弱以盧叛，齊人來召鮑國而立之，初鮑國去鮑氏而來，爲施孝叔臣，施氏卜宰，匡句須吉，施氏之宰，有百室之邑，與匡句須邑，使爲宰，以讓鮑國而致邑焉，施孝叔曰：子實吉，對曰：能與忠良，吉孰大焉。鮑國相施氏忠，故齊人取以爲鮑氏後，仲尼曰：鮑莊子之知不如葵，葵猶能衛其足。」注：「葵傾葉向日，以蔽其根，言鮑牽居亂，不能危行言遜。」

八十一、臨泛東湖時任洪州

郡庭日休暇，湖曲邀勝踐。樂職在中和，靈心挹上善。乘流坐清曠，舉目眺猶緬。林與西山重，雲因北風卷。晶明晝不逮，陰影鏡無辨。晚秀復芬敷，秋光更遙衍。萬族紛可佳，一遊豈能展。羈孤忝邦牧，顧已非時選。良公世不容，長孺心亦褊。永念出籠縶，常思退疲蹇。歲徂風露嚴，目恐蘭若剪。佳辰不可得，良會何其鮮。罷興還江城，閉關聊自遣。

【校】

1. 靈心：四庫本作虛心。
2. 眺猶緬：四庫本、白口本、全唐詩、全唐詩稿本作眺悠緬。案：悠緬：悠遠。《晉書》：「大庭既邈，之風悠緬。」於義爲是。
3. 辨：白口本作辯。案：辨，別也。當以辨別是。
4. 顧已：祠堂本、全唐詩作顧己。案：作顧己爲是。
5. 良公：祠堂本、四庫本、全唐詩、全唐詩稿本作梁公。案：梁公爲狄仁傑之封號，仁傑曾結怨於張光輔而被誣害。當以梁公爲是。
6. 蘭若：祠堂本、四庫本、全唐詩、全唐詩稿本作蘭若。

7. 日恐：嘉靖本作目恐。案：目爲形誤。

【註釋】

〔1〕勝踐：勝遊也，佳遊也。楊炯〈群官尋楊隱居詩序〉：「極人生之勝踐，得林野之奇趣。」

〔2〕時選：楊炯〈王勃集序〉：「咸亨之初乃參時選，三府文辟，遇疾辭焉。」

〔3〕梁公：唐狄仁傑之封號。唐太原人，字懷英，舉明經。

〔4〕長孺心亦褊：漢汲黯濮陽人，字長孺，武帝時爲謁者，往視河內火災，以便宜發倉粟賑民……以數直諫不得久居位。《史記・汲黯傳》：「黯褊心不能無少望，見上前言曰：陛下用群臣如積薪耳，後來者居上。」

〔5〕籠縶：鳥檻曰籠。《莊子・庚桑楚》：「以天下爲之籠。」注：「縶：絆馬足也。」

〔6〕蘭若：《漢書・司馬相如傳》：「子虛賦曰：『衡蘭芷若。』注：「引張揖曰：『若，杜若也。』顏師古曰：『蘭即今澤蘭也。』」

〔7〕閉關：謂閉門謝絕人事也。《中說・周公》：「温彥博問劉靈何人也。子曰：『古之閉關人也。』注：「閉關喻藏身也，此世人所不能窺其閫閾。」《文選》顏延之〈王君詠〉：「劉伶善閉關，懷情滅聞見。」

八十二、始興南山下有林泉常卜居焉荊州臥病有懷此地

出處各有在，何者為陸沉。幸無迫賤事，聊可袪迷襟。世路少夷坦，孟門未嶇嶔。多慙入火術，常惕履冰心。一跌不自保，萬全焉可尋。行行念歸路，眇眇惜光陰。浮生如過隙，先達已吾箴。敢忘丘山施，亦云年病侵。力衰在所養，時謝良不任。但憶舊棲息，願言遂窺臨。雲閒目孤秀，山下面清深，蘿蔦自為幄，風泉何必琴。歸此老吾老，過當日千金。

【校】

1. 詩題：嘉靖本作常作嘗。四庫本、全唐詩、全唐詩稿本作嘗。
2. 迫賤事：李補本作逼賤事。
3. 丘山：祠堂本、四庫本作邱山。
4. 一跌：祠堂本、李補本作十跌。案：《漢書》：「不知一跌，將赤吾之足也。」於義以一跌爲是。
5. 目孤秀：全唐詩、全唐詩稿本作日孤秀。

【註釋】

〔1〕陸沉：《莊子・則陽》：「方且與世違，而心不屑與之俱，是陸沈者也。」注：「人中隱者譬無水而沉也。」《史記・滑稽列傳》：「陸沉於俗。」索隱：「司馬彪云：「謂無水而沈之義同。」

〔2〕孟門：孟門山。《山海經・北山經》：「孟門之山，上多金玉，下多黃堊涅石。」

〔3〕多慙入火術：「入火猶爐火，爐火本指道家丹汞之術。《神仙傳》：「少君於安期先生得神丹爐火之方。」《雲笈七籤》：「高宗、中宗、睿宗三朝歷任大理丞、河南巡撫，豫州刺史。斷滯獄，毀淫祠，誅詿誤，恩威並著，民多仰之。嘗結怨於張光輔，被誣害於來俊臣。武后朝，以鸞台侍郎同平章事，常以調護皇家母子爲意，后欲立武三思爲太子，仁傑以姑姪母子之喻動之，后感悟，迎廬陵王於房州，唐祚賴以維繫，居位蓄意薦賢，卒諡文惠。」

〔4〕先達已吾箴：先吾而達於道者。《後漢書・朱暉傳》：「暉以堪先達，舉手未敢對。」《玉篇》：「箴，規戒也。」《書・盤庚》：「無何敢伏小人之攸箴。」《左傳・宣公十二年》：「箴之曰『民生在勤』」。

〔5〕丘山施：謂重大如丘山也。劉琨〈上愍帝謝錄功表〉：「丘山之釁己彰。」此喻受國恩之重大也。

八十三、高齋閑望言懷

高齋復情景，延眺屬清秋。風物動歸思，煙林生遠愁。紛吾自窮海，薄宦此中州。取路無高足，隨波適下流。歲華空苒苒，心曲且悠悠。坐惜芳時宴，胡然久滯留。

【校】

1. 詩題：四庫本、全唐詩、全唐詩稿本作閒望。
2. 情景：祠堂本、四庫本、全唐詩、全唐詩稿本作晴景。案：晴景，對下句「清秋」。故於義當以晴景爲是。
3. 苒苒：四庫本、全唐詩、全唐詩稿本作冉冉。案：苒，冉通。
4. 且悠悠：祠堂本作日悠悠。案：「且悠悠」與上句「空苒苒」詞性同。歲月苒苒流逝，心思悠悠不盡，於義爲是。
5. 芳時宴：四庫本、白口本、全唐詩、全唐詩稿本作芳時歇。案：歲華苒苒，芳時已歇，故云坐惜，而久滯留。當以芳時歇於義爲是。

【註釋】

〔1〕風物：謂風光景象也。陶潛〈遊斜川詩序〉：「天氣澄和，風物閒美。」

〔2〕窮海：遠海也。謝靈運〈登池上樓詩〉：「徇祿反窮海，臥痾對空林。」

〔3〕薄宦：謂仕宦不通顯也。薄者卑微之義。任昉〈爲范雲讓吏部封侯表〉：「臣高祖少連薄宦東朝。」

〔4〕高足：捷足也。文選〈古詩十九首〉：「何不策高足，先據要路津。」

〔5〕心曲且悠悠：《詩・秦風・小戎》：「亂我心曲」箋：「心曲，心之委曲也。」曹植詩：「思子沈心曲，長歎不能言。」悠悠：憂思貌。《詩・小雅・雄雉》：「悠悠我思。」傳：「憂也。」《楚辭・七諫》：「悠悠蒼天兮。」

八十四、與弟遊家園

定省榮君賜，來歸是晝遊。林烏飛舊里，園果讓新秋。枝長南庭樹，池靈北澗流。星霜屢爾別，蘭麝為誰幽。善積家方慶，恩深國未酬。棲棲將義動，安得久情留。

【校】

1. 園菓：白口本、嘉靖本作園果。案：菓爲果之俗體字。
2. 林烏：李補本作林鳥。案：慈烏反哺，於義以林烏爲是。
3. 讓秋：祠堂本、成化本、湛刊本、白口本、全唐詩、全唐詩稿本作讓新秋。四庫本作讓先秋。案：於義醿新秋爲是。
4. 池靈：祠堂本、白口本、全唐詩、全唐詩稿本作池臨。四庫本作池連。

【註釋】

〔1〕定省：人子事親之禮，昏定晨省也。《禮・曲禮上》：「凡爲人子之禮，冬溫而夏清，昏定晨省。」注：「安定其床衽也，省問其安否如何。」夏侯湛〈東方朔畫贊〉：「僕自京都，言歸定省。」

〔2〕星霜：星之位置因地球之運轉而遞變，以一年爲一循環。霜每年遇寒而降，因以星霜轉換喻年歲改易。

〔3〕蘭麝：《晉書・石崇傳》：「崇婢妾數十人，皆蘊蘭麝，被羅縠。」《抱朴子》：「昔西施以心痛臥於道傍，蘭麝芬芳，人皆美之。」

〔4〕善積家方慶：《易・坤・文言》曰：「積善之家，必有餘慶；積不善之家，

必有餘殃。」《說苑談叢》:「天地無親，常與善人，天道有常，不爲堯存，不爲桀亡，積善之家必有餘慶，積不善之家必有餘殃。」

〔5〕棲棲：不安之貌。《詩・小雅・六月》:「六月棲棲。」《後漢書・蘇意傳》:「仲尼棲棲，墨子遑遑。」

【箋】

《張九齡年譜附論五種》:「按九齡開元四年側告病還籍，其後唯本年（十四年）及開元十八年自洪州轉桂州刺史兼嶺南按察使時道出嶺南，與十九年巡按嶺南諸州時可得乘便歸省。然十九年出巡至韶在夏初，十八年自洪州轉桂州時雖曾道經廣州，而曾否歸韶省親，則不可確知。又姑設其嘗歸韶州，亦必在仲秋之後，今詩云新秋，皆不合也。至於本年（十四年）夏季奉使南海，而秋季還都方在湘東；則秋初在韶，時序正符。又詩云：「定省榮君賜，來歸是晝遊。」與前使至廣州詩云：「本謂雙鳧少，何知駟馬來。」同爲夜錦榮歸之意。若爲再度還鄉，則不應如是言矣。是詩當作於此時。」（另參詩繫年）。

八十五、郡內閑齋

郡閣晝常掩，庭蕪日復滋，簷風落鳥毳，窓葉掛蟲絲。拙病宦情少，羈閒秋氣悲。理人無異績，為郡但經時。唯有江湖意，沉冥空在茲。

【校】

1. 詩題：閑，四庫本，全唐詩，全唐詩稿本作閒。
2. 郡閣：英華本作賓閣。案：題爲郡內閑齋，此當以郡閣爲是。
3. 窓葉：全唐詩，祠堂本作窗。四庫本作窻。
4. 拙病：英華本作拙疾。
5. 羈閒：四庫本，嘉靖本，全唐詩本同此本，英華本作機閒。案：此處言已病而羈留，於義當以羈閒爲是。
6. 空在此：英華本作獨在此。

【註釋】

〔1〕鳥毳：《說文》:「毳，獸細毛也。」《漢書・鼂錯傳》:「鳥獸毳毛。」

〔2〕江湖：對朝廷而言，指隱士所居也。《史記・貨殖傳》:「范蠡乘扁舟浮於江湖。」《南史・隱逸傳》:「或遁迹江湖之上。」

〔3〕沈冥：《法言・問明》:「蜀莊沈冥，不作苟見，不治苟得，久幽而不改其

操。」注：「沈冥猶玄寂，泯然無迹之貌。」按莊遵字君事，蜀人，故稱蜀莊。

【箋】

《彙編唐詩》:「唐云：『與高齋言懷同一清逸，覺前首韵勝。』鍾云：『清而不輕。』」

八十六、晨出郡舍林下

晨興步北林，蕭散一開襟。復見林上月，娟娟猶未沉。片雲自孤遠，叢篠亦清深，無事由來貴，方知物外心。

【校】

1. 步北林：李補本作比林。案：於義以北林爲是。
2. 片雲：嘉靖本作片月。案：於義以片雲爲是。

【註釋】

〔1〕娟娟：美好貌。鮑照〈翫月城西門廨中詩〉:「未央東北墀，娟娟以蛾眉。」

〔2〕物外：謂有形之外，猶云俗世之外，即世外也。《莊子・秋水》:「若物之外，若物之內。」梁簡文帝〈神山寺碑〉:「智周物外。」

【箋】

《唐詩紀事・卷二二》云：「張曲江在荊州，有晨出郡舍林下詩……時頌爲郡司馬。和之云云。蓋有所本，崔頌和詩有郡閣晦高名之語。當謂九齡以右相出爲荊府也。」

八十七、司馬崔頌和

優閑表政清，林薄賞秋成。江上懸曉月，往來虧復盈。天雲抗直意，郡閣晦高名。坐嘯應無欲，寧辜濟物情。

【校】

1. 詩題：白口本作和司馬崔頌。
2. 優閑：四庫本作優閒。

【註釋】

〔1〕抗直：剛直無所屈撓。《史記・鄒陽傳贊》:「亦可謂抗直不撓矣。」《漢書・陳萬年傳》:「抗直數言事。」

〔2〕晦高名：此謂隱其高名也。《錄異記》：「草服素冠，晦名匿位，織履自給。」

八十八、晨坐齋中偶而成詠

寒露潔秋空，遙山分在矚。孤頂乍修聳，微雲復相續。人茲賞地遍，鳥亦愛林旭。結念憑幽遠，撫躬曷羈束。仰霄謝逸翰，臨路嗟疲足。徂歲方睽攜，歸心亟躑躅。休閑儻有素，豈負南山曲。

【校】

1. 分在矚：祠堂本、全唐詩作紛在矚。
2. 休閒償有素：英華本、全唐詩稿本、四庫本、白口本作休閑儻有素。全唐詩作休閒倘有素。南本作賞有素。
3. 賞地遍：全唐詩、白口本作賞地徧。
4. 潔秋：英華本作結秋。案：於義以潔秋空爲是。
5. 修聳：四庫本、全唐詩稿本作脩。
6. 謝逸翰：英華本作謝逸幹。案：逸幹者，奔馳之馬。《南齊書・丘巨源傳》云：「帝擇逸幹赴蔚羅之會。」
7. 疲足：李補本作疲。
8. 徂歲：南本作祖。
9. 睽攜：全唐詩作攜、四庫本作攜。

【註釋】

〔1〕寒露：節氣名。每年十月八日或九日爲寒露。《禮・月令・東風解凍》疏：「九月節寒露，霜降中。謂之寒露者，言露氣寒將欲凝結。」郭璞〈遊仙詩〉：「寒露拂陵苕，女蘿辭松柏。」

〔2〕逸幹：奔馳之馬曰逸翰。

〔3〕徂歲方睽攜：歲月過去也。謝靈運〈傷己賦〉：「眺徂歲之驟經。」

〔4〕南山曲：《三齊略記》：「寧戚候齊桓公，扣牛角歌曰：『南山粲粲，白石爛爛，中有鯉魚，長尺有半。生不遭堯與舜，短布單衣纔至骭，從昏飯牛至夜半，長夜漫漫何時旦。』桓公召之，因以爲相。」

八十九、園中時蔬盡皆鋤理唯秋蘭數本委而不顧彼雖一物有足悲者遂賦二章

場藿已成歲，園葵亦向陽。蘭時獨不偶，露節漸無芳。旨異菁為畜，甘非蔗有漿。人多利一飽，誰復惜馨香。

【校】

1. 詩題：英華本作園中時蔬盡皆鋤理唯秋蘭數本萎而不顧彼一物有足悲者遂賦二章。案：萎者，草木枯。當作萎爲是。
2. 場藿：祠堂本，全唐詩，白口本，全唐詩稿本作場藿。李補本作傷藿。英華本作楊藿。案：塲或作場，「場藿」對「園葵」於義爲是
3. 獨不偶：革華本作獨不遇。案：偶者，合諧也。
4. 旨異菁爲畜：英華本菁作青。四庫本、英華本、全唐詩、全唐詩稿本以畜爲蓄。案：菁爲韭華。蓄與畜通。

【註釋】

〔1〕時蔬：季節性之蔬菜。《唐書・百官志》：「虞部郎中員外郎各一人，掌京都衢衖苑囿，山澤草木，及百官藩客，時蔬薪炭，供頓畋獵之事。」

〔2〕數本：《廣雅・釋草木》：「榦也。」按草木一株曰一本。《漢書・龔遂傳》：「百本薤，五十本蔥。」

〔3〕場藿：《集韵》：「場或作塲」。《詩・小雅・白駒》：「食我場藿。」傳：「藿，猶苗也。」《廣雅・釋草》：「豆角謂之莢，其葉謂之藿。」

〔4〕園葵亦向陽：葵傾向陽之意。曹植〈求通親親表〉：「若葵藿之傾葉太陽，雖不爲之迴光，然向之者誠也。臣願自比葵藿。」

〔5〕旨異菁爲畜：旨，即指蓄也。菁，韭華也。《廣雅・釋草》：「韭蕎其華謂之菁。畜，積也。」《禮・月令》：「乃命有司，趣民收斂。」《詩・邶風・谷風》：「有旨蓄亦形御冬。」傳：「旨：美。」箋：「聚美菜者，以御冬月乏無時也。」

【箋】

《彙編唐詩》：「鍾云：『似少陵詠諸作。』，唐云：『托興深遠，不當以詠物目之。』又云：『讀此覺退之猗蘭操不當作。』」

九十、又

幸得不鋤去，孤苗守舊根。無心羨旨蓄，豈欲近名園，遇賞寧充佩，為生莫礙門。幽林芳意在，非是為人論。

【校】

1. 充佩：祠堂本、四庫本、嘉靖本、全唐詩、全唐詩稿本、英華本、白口本同此本。成化本作克佩。

【註釋】

〔1〕旨蓄：見前八十九首註5。

〔2〕遇賞寧充佩：佩，帶香蘭也。陸龜蒙〈美人詩〉：「猶欲悟君心，朝朝佩蘭若。」

九十一、城南隅山池春中田袁二公盛稱其美及首夏獲賞果會夙言故有此詠

憶昨聞佳境，駕言尋昔蹊。非唯初物變，與亦舊遊暌。幽渚為君說，清晨即我携。逢深獨睥睨，歷險共攀躋。林笋苞青籜，津楊委綠荑。荷香初出浦，草色復緣堤。樂處將鷗狎，譚端用馬齊，且言臨海郡，兼話武陵溪。異壤風煙絕，空山巖徑迷。如何際朝野，從此待金閨。

【校】

1. 唯：嘉靖本、祠堂本、全唐詩作惟。
2. 携：四庫本、全唐詩、祠堂本作攜。
3. 逢深：祠堂本、全唐詩、全唐詩稿本作途深。案：逢者，遇也。「逢深」與「歷險」相對，於義爲是。
4. 林笋：全唐詩作林筍。
5. 津揚：祠堂本、四庫本、嘉靖本、成化本、湛刊本、李補本、白口本、全唐詩、全唐詩稿本作楊。案：楊指楊柳。
6. 共舉躋：嘉靖本、成化本、南雄本、四庫本、祠堂本、全唐詩、全唐詩稿本作躋。案：躋者，升也。當作躋。
7. 武陵溪：全唐詩稿本作武陵谿。案：溪，谿相通。

【註釋】

〔1〕物變：事物之變化。《淮南子・泰族訓》：「人知所知者淺，而物變無窮。」《後漢書・明帝紀》：「吹時律觀物變。」

〔2〕睥睨：《史記・魏其武安侯傳》：「辟睨兩宮，幸天下有變而欲有大功。」索隱：「埤蒼云：『睥睨，邪視也。』」

〔3〕林笋苞青籜：笋，同筍。竹胎也。《集韵》：「籜，竹皮。」《文選》謝靈運詩：「初篁苞綠籜」。

〔4〕譚端全用齊：譚同談，說也。《莊子・則陽》：「夫子何不譚我於王。」成玄英疏：「譚猶稱說也。」馬即莊子馬蹄篇也。通篇以馬作喻，以言伯樂失馬之性，聖人毀道德以爲仁，亦失人之性也，齊即莊子齊物論。郭注：「夫自是而非彼，美己而惡人，物莫不皆然。故是非雖異，而彼我均也。」按此篇始說喪我，終明物化，泯絕彼此，排遣是非，故曰齊物。

〔5〕臨海郡：三國吳置治臨海，即今浙江省臨海縣。建興二年孫峻廢齊王奮爲庶人，徙章安於此，此謂談論三國史事。

〔6〕金閨：漢宮有金馬門，簡稱金門，亦曰金閨，後世以稱朝廷。《文選》江淹〈別賦〉：「金閨之諸彥，蘭臺之群英。」

九十二、林亭寓言

林居逢歲晏，遇物使情多。蘅茝不時與，芬榮奈汝何，更憐籬下菊，無如松上蘿，因依自有命，非是隔陽和。

【註釋】

〔1〕蘅茝不時興：《集韵》：「蘅，杜蘅，香艸。」《說文》：「茝，艸也。从艸，臣聲。」此以喻君子不遇，歲月不再。《國語・越語》：「時不再來。」《呂覽》：「時不久留。」

〔2〕籬下菊：陶潛〈欽酒詩〉：「採菊東籬下，悠然見南山。」

〔3〕松上蘿：喻小人有所舉附也。即女蘿附松。詳注見八十二首註 13。

〔4〕陽和：謂歲晏與陽和之相接，喻否極泰來也。《史記・秦始皇紀》：「時在中春，陽和方起。」《齊書・武帝紀》：「今履端肇運，陽和告始，宜協時休，覃茲黎庶。」庾信〈移留使文〉：「陽和既動，澤漸萬邦。」

【箋】

《彙編唐詩》：「鍾云：『此鄉心遇物悲更妙。』」

九十三、南山下舊居閑放

祗役已云久，乘閑返服初。塊然屏塵事，幽獨坐林閭。清曠前山遠，紛喧此地疎。喬木凌青靄，修篁媚綠渠。耳和繡翼鳥，目暢錦鱗魚。寂寞心還

間，飄颻體自虛。興來命旨酒，臨罷閱仙書。但樂多幽意，寧知有毀譽。尚想爭名者，誰云要路居。都忘下流歎，傾奪竟何如。

【校】

1. 詩題：全唐詩、全唐詩稿本、四庫本作閒放。
2. 乘閑：同前。
3. 踈：祠堂本、全唐詩作疏。四庫本、嘉靖本作疎。見前詩。
4. 修篁：白口本、祠堂本、全唐詩稿本作脩篁。見前詩。
5. 青靄：祠堂本作清靄。案：青靄，青色之雲氣也。鮑照文：「左右青靄，表裏紫霄。」
6. 林閭：全唐詩、全唐詩稿本、白口本、嘉靖本、四庫本、祠堂本同此本。案：就押韻觀之，當作閭、非間。本作間者非。

【註釋】

〔1〕返服初：見六十首註 8。

〔2〕塊然：獨處之貌。《穀梁傳・僖公五年》：「塊然受諸侯之尊己，而立乎其位。」《荀子・君道篇》：「塊然獨坐，而天下从之如一體。」

〔3〕幽獨：幽靜獨居。《文選》張衡〈思玄賦〉：「播余香而莫聞，幽獨守此仄陋兮。」陳子昂〈感遇詩〉：「幽獨空林色，朱蕤冒紫莖。」

〔4〕飄颻：風馳貌，即動盪不安之義。

〔5〕要路居：顯要之地位也。《文選・古詩十九首》其四：「何不策高足，先據要路津。」

九十四、感遇一

蘭葉春葳蕤，桂華秋皎潔。欣欣似生意，自爾為佳節。誰知林棲者，聞風坐相悅。草木有本心，何求美人折。

【校】

1. 欣欣似生意：全唐詩、全唐詩稿本作此生意。案：此指蘭，桂。當以此爲是。

【註釋】

〔1〕葳蕤：草木華貌。左思《文選・蜀都賦》：「敷蘂葳蕤，落英飄颻。」《楚辭・七諫》：「上葳蕤而防露兮。」王逸注曰：「葳蕤，盛貌。」

〔2〕欣欣似生意：陶淵明〈歸去來兮辭〉：「木欣欣以向榮。」《世說新語》：「桓玄敗後，殷仲文還爲大司馬咨議，意似二、三，非復往日，大司馬廳前有一老槐，甚扶疎，殷因月朔，與眾在廳，視槐良久，歎曰：『槐樹婆娑，無復生意。』」

【箋】

蘭葉春葳蕤，桂華秋皎潔。方植之曰：「良言各有時，人能識此則安命樂天。」陳沆曰：「君子自修元初志也。」《楚詞》：「不吾知其亦已兮，苟予情其信芳。」韓愈〈猗蘭操〉：「不朱而佩，於蘭何傷，士不爲遇主而修行，故亦不因胡廢而隕穫。」

九十五、其二

幽林歸獨臥，滯慮洗孤清。持此謝高鳥，因之傳遠情。日夕懷空意，人誰感至精。飛沉理自隔，何所慰吾誠。

【校】

1. 滯慮：祠堂本、四庫本、全唐詩、全唐詩稿本作滯慮。案：於義當以滯慮爲是。
2. 飛沉：四庫本作飛塵。案：飛沉，指飛鳥與沉魚。塵爲形誤。

【註釋】

〔1〕飛沈：猶言飛于天空之鳥與沈於水之魚也。陸機《文選‧贈從兄車騎詩》：「營魂懷茲土，精爽若飛塵。」

【箋】

陳沆曰：「幽林歸獨臥，謂郡齋間居之時，下篇屢有懷鄉思歸語，知此時未還里也，洗慮孤清，明臣心如止水，持謝高鳥，寄媒勞於鴆皇，此意終虛，精感誰應，飛者談知沈者之情，何以自慰哉，閨中既以邃遠兮，哲王又不寤，此之謂也。」

唐汝詢曰：「此曲江罷相後，心不忘君而作也。言我罷官而官，齋居獨宿，洗清積慮者，正欲持此心以謝高鳥，使之傳情於君，然終不能達也。則我日夕所懷，特空意耳，彼世人誰四感此至精乎。況飛沈之理，本是隔絕，未有處幽隱而能納忠於君者，則此心雖惓惓而終無以慰吾之誠也。高鳥傳情，本非實事，蓋託言以見思君之切耳。」

九十六、其三

魚遊樂深池，鳥棲欲高枝。嗟爾蜉蝣羽，薨薨亦何為。有生豈不化，所感奚若斯。神理日微滅，吾心安得知。浩歎楊朱子，徒然泣路岐。

【校】

1. 蜉蝣：四庫本、嘉靖本、白口本、全唐詩、全唐詩稿本同此本。案：《詩・曹風》：「蜉蝣之羽，衣裳楚楚。」當以蜉蝣爲是。一本作蜉蝣，非。
2. 路岐：四庫本作路歧。案：岐與歧通。

【註釋】

〔1〕蜉蝣羽：《詩・曹風・蜉蝣》：「蜉蝣之羽，衣裳楚楚，心之憂矣，於我歸處。」注：「渠略也，朝生夕死，猶有羽翼以自脩飾。」

〔2〕薨薨：《詩・齊風・雞鳴》：「蟲飛薨薨，甘與子同夢，謂群飛聲也。」《周南・螽斯》：「螽斯羽，薨薨兮。」傳：「薨薨，眾多也。」

〔3〕神理：王融〈三月三日曲水詩序〉：「設神理以景俗。」善注：「猶神道也。」謝靈運〈從遊京北固應詔詩〉：「事爲名教用，道以神理超。」

〔4〕浩歎楊朱子，徒然泣路岐：《列子・說符篇》：「楊子之鄰人亡羊，率黨追之，既反，楊子問：獲羊乎，曰亡之矣，歧路之中又有歧焉，吾不知所之，所以返也。楊子戚然變容，心都子曰：大道以多岐亡羊，學者以多方喪生。」

【箋】

唐汝詢曰：「此刺群小得志也，言魚必趨淵，鳥必擇木，其常性也，今蜉遊之羽，而亦薨薨，何哉？以此人情雖樂朝廷，而小人不當妨賢者路，因言物必化，我之感歎蜉蝣，奚爲若此，蓋非以爾之命促而興嗟。爲爾沈溺浮榮，醉生夢死，使本來之理，日就微滅而不自知耳，夫以滅絕神理之人，而使之執政，時事可知矣，故我徒爲楊朱之泣路，而終無補于朝廷也。」

陳沆曰：「君子小人取舍異趨，物各有性，不可強焉。魚游鳥棲，各適高深之樂，蜉蝣旦夕，當無寧息之時，孰非大造之化生，胡爲感氣之殊絕，吾安知神理之所由哉。公與林甫仙客，其始相背異趨，後遂好惡殊性，朱泣歧路，非以此乎。」

九十七、其四

孤鴻海上來，池潢不敢顧。側見雙翠鳥，巢在三珠樹。矯矯珍木巔，得無

金丸懼。美服患人指，高明逼神惡。今我遊冥冥，弋者何所慕。

【校】

1. 三珠樹：祠堂本、嘉靖本、白口本、全唐詩、全唐詩稿本同此本。案：三珠樹，珍木名，見《山海經》。於義為是。
2. 珍木：全唐詩、全唐詩稿本、嘉靖本、四庫本、祠堂本同此本。
3. 逼神惡：嘉靖本作逼人惡，南雄本作遍神思。案：於義作逼神惡為是。

【註釋】

〔1〕池潢：《說文》：「潢：積水池也。」池潢即潢池也。《漢書・龔遂傳》：「其民困於飢寒而吏不恤，故使陛下赤子，盜弄陛下之兵於潢池中耳。」注：「積水曰潢。」

〔2〕三珠樹：珍樹名。《山海經・海外南經》：「三珠樹在厭水北，生赤水上，其為樹如伯，葉皆為珠。」郭璞《山海經圖・三珠樹贊》：「三珠所生赤水之際。」

〔3〕高明逼神惡：楊子〈解嘲〉：「高明之家，鬼瞰其室。」

〔4〕金丸：《西京雜記》：「韓嫣好彈，常以金為丸。所失者日有十餘，長安為之語曰：若饑寒逐金丸，京師兒童每聞嫣出彈，輒隨之望丸之所落輒拾焉。」

〔5〕美服：華美之衣服也。《莊子・至樂》：「口不得厚味，形不得美服。」《左傳・僖公二十四年》：「服之不衷，身之災也。」

〔6〕今我游冥冥，弋人何篡焉：《法言・問明》：「鴻飛冥冥，弋人何篡焉。」《後漢書・逸民列傳》：「楊雄曰：鴻飛冥冥，弋者何篡焉，言其違患之遠也。」

【箋】

唐汝詢曰：「唐書本傳曰：『九齡遷中書令，李林甫內忌之，帝將以牛仙客為尚書，九齡執不可，林甫進曰：仙客宰相才也。乃不堪尚書邪？帝由是用仙客，罷九齡政事。』此託為孤鴻之詞自比也。言鴻自海上來，畏池潢而不敢顧，此時已見雙翠鳥巢於三珠樹矣！蓋指林甫、仙客據三公位也。因言此木之巔，眾所屬目，其能免于彈射乎，被服之美者，尚憂為人所指，而高明則逼近神惡，況此珠樹而可爭栖乎哉。我進遊于冥冥之中，使戈人無慕而已。蓋言恬於隱退，無爭于朝，彼二人者，又曷為而忌我哉，此與海燕之詩同意。」

陳沆曰：「公被謫後有〈詠燕詩〉云：『無心與物競，鷹莫相猜。』」即此旨也。

孤鴻自喻，雙翠鳥喻林甫仙客。患得則營珠樹之巢。患失則懷金丸之懼，顧忌愈多，用心良苦矣！千人所指，無病而死，高明之家，鬼瞰其室，我苟無所戀，何患人指哉。」

九十八、其五

吳越數千里，夢寐今夕見。形骸非我親，衾枕即鄉縣。化蝶猶不識，川魚安可羨。海上有仙山，歸期覺神變。

【校】

1. 夢寐：白口本、全唐詩稿本作寐。案：寐爲誤字，從寐爲是。

【註釋】

〔1〕形骸非我親：《莊子・齊物論》:「可行己信，而不見其形，有情而無形，百骸、九竅、六藏、骸而存焉，吾誰與爲親。」《淮南子・泰族》:「豈獨形骸有瘖聾哉，心志亦有之。」

〔2〕化蝶猶不識：《莊子・齊物論》:「昔者周夢爲蝴蝶，栩栩然蝴蝶也。不知周之夢爲蝴蝶與，蝴蝶之夢爲周也。」

〔3〕川魚安可羨：《漢書・董仲舒傳》:「臨淵羨魚，不如退而結網。」

【箋】

陳沆曰:「身在江湖，神遊魏闕之下，孰謂君門萬里，不邇若咫尺哉。形骸非我親，身非已有也。衾枕即鄉縣，寢食不忘也。實因殉國之忠者，幾忘身是蝶，豈有寵利之慕，臨淵羨魚哉。譬聞海上仙山，不可覺神變，雖不能至？然心嚮往之矣！」

九十九、其六

西日下山隱，北風乘夕流。燕雀感昏旦，簷楹呼匹儔。鴻鵠雖自遠，哀音非所求。貴人弃疵賤，下士嘗殷憂。眾情累外物，恕已忘內修。感歎長如此，使我心悠悠。

【校】

1. 匹儔：四庫本、嘉靖本、白口本、全唐詩、全唐詩稿本同此本。案：匹俗作疋。一本作疋，同。

2. 弃疵賤：祠堂本、成化本、湛刊本、白口本、全唐詩、全唐詩稿本作棄疵賤。四庫本、嘉靖本同此本。案：弃，古棄字。庛爲形誤，當作疵爲是。

3. 恕已：祠堂本、全唐詩作恕己。案：已爲形誤，當作恕己爲是。

【註釋】

〔1〕燕雀感昏旦：聞人倓曰：「案燕雀興貴人，感昏旦，言所見近也。」

〔2〕匹儔：伴侶也。《楚辭・王褒・九懷》：「步余馬兮飛注，覽可與兮匹儔。」

〔3〕下士：《禮・王制》：「諸侯之上大夫，卿、下大夫、上士、中士、下士，凡五等。」《孟子・萬章下》：「中士倍下士，下士與庶人在官者同祿。」

〔4〕外物：身外之物也。《莊子・外物》：「外物不可必，故龍逢誅、比干戮、箕子狂、惡來死、桀紂亡。」《荀子・修身》：「內省而外物輕矣！」

【箋】

陳沆曰：「歎時無遠慮，必有近憂也。燕雀所知者，旦夕朋侶之情，鴻鵠遠志者，豈徒稻粱之謀，在上不知微賤之疾苦，則蹙益麾王室之殷憂矣！所以然者，眾人累於外役，則利令智昏，哲士中無私係，則情恆遠照也。」

一〇〇、其七

江南有丹橘，終冬猶綠林。豈伊地氣暖，自有歲寒心。可以薦嘉客，奈何阻重深。運命推所遇，循環不可尋。徒言樹桃李，此木豈無陰。

【校】

1. 推所遇：全唐詩作唯所遇，全唐詩稿本、白口本作惟所遇。案：「推」爲形誤。

【註釋】

〔1〕丹橘：《韓非子・外儲說左》：「趙簡主俛而笑曰：樹橘柚者，食之則甘。」左思〈吳都賦〉：「其果則丹橘餘甘。」

〔2〕歲寒陰：能耐歲暮天寒。李元操〈園中雜詠橘詩〉：「自有凌寒質，能守歲寒心。」

〔3〕阻重深：謂險阻重重。《尚書大傳・金縢》：「道路悠遠，山川阻深。」王延壽〈魯靈光殿賦〉：「東序重深而奧秘。」

〔4〕樹桃李：喻薦賢士。《說苑・復恩篇》：「簡子曰：夫樹桃李者，夏得休息，秋得食焉。」

【箋】

陳沆曰：「公守郡日，嘗作〈荔枝賦〉，有云：「夫其實可以薦宗廟，其羞可以羞王公，亭十里而莫致，門九重兮曷通，山五嶠兮白雲，江千里兮青楓，何斯美之獨遠，嗟爾命之不工，每被銷於凡口，罕獲知於貴躬。」

一○一、其八

永日徒離憂，臨風懷蹇修。美人何處所，孤客空悠悠。青鳥跂不至，朱鱉誰云浮。夜分起躑躅，時逝曷淹留。

【校】

1. 蹇脩：白口本、四庫本、稿本作修。見前詩。
2. 朱鱉：四庫本作鼈。案：鱉，鼈同。

【註釋】

〔1〕永日：長日也。《文選》劉楨〈公讌詩〉：「永日行游戲，歡樂猶未央。」注：「善曰：永日，長日也。」

〔2〕蹇修：《楚辭・離騷》：「解佩纕以結言兮，吾令蹇脩以為理。」注：「蹇脩，伏羲之臣也。今蹇脩為媒以通辭理。」郭璞〈遊仙詩〉：「蹇修時不存，要之將誰使。」注：「良曰：蹇修，古之賢媒也。」《書言故事・媒妁類》：「媒曰蹇修。」

〔3〕美人：騷客詩人自況也。《楚辭・九歌・河伯》：「送美人兮南浦。」注：「美人，屈原自謂也。」

〔4〕青鳥：謂使者，《漢武帝故事》：「七月七日忽有青鳥飛集殿前，東方朔曰：此西王母欲來。有頃王母至，三青鳥夾侍王母旁。」後人因稱使者曰青鳥。庾信〈道士步虛詞〉：「赤鳳來銜璧，青鳥入獻書。」

〔5〕朱鱉誰云浮：《山海經・東山經・珠鳖魚》注：「《南越志》云：海中多鼈，狀如胏，有四眼，六腳而比珠。」《淮南子》云：「朱鼈浮波，必有大雨。」

〔6〕淹留：《楚辭・離騷》：「時繽紛其變易兮，又何可以淹留。」注：「淹，久也。」

【箋】

陳沆曰：「《楚辭》：解佩纕以結言兮，吾令蹇修而為理。」王逸注：「蹇修，古賢臣使為媒理也。」陶淵明〈讀山海經詩〉：「我欲因青鳥，具向王母言。」阮籍〈詠懷詩〉：「朱鼈躍飛泉，夜飛過吳洲。」

一○二、其九

抱影吟中夜，誰聞此歎息。美人適異方，庭樹含幽色。白雲愁不見，滄海飛無翼。鳳凰一朝來，竹花斯可食。

【校】

1. 鳳凰：四庫本作皇。
2. 歎：祠堂本作嘆。

【註釋】

〔1〕抱影：謂獨自也。《楚辭・嚴忌・哀時命》：「廓抱景而獨倚兮，超永思乎故鄉。」注：「獨抱形景而立。」

〔2〕白雲：《莊子・天地》：「乘彼白雲，至於帝鄉。」

〔3〕滄海飛無翼：滄海猶北海也。《莊子》稱北冥謂無鵬鳥之翼以飛渡北海，喻不得來近君也。

〔4〕竹花斯可食：《晉書・五行志》：「惠帝元康二年春，巴西郡界竹生花紫色，結實如麥，外皮青，中赤白，味甘。」《酉陽雜俎》前集十八〈廣動植〉：「鄉花曰復，一曰復，死曰紂，六十年一易根，則結實枯死。」

【箋】

《彙編唐詩》：「鍾云：擬古詩十九首若如此作，便妙合無痕，陸機諸人那得有此。」唐云：「疏遠如此，不忘遇合，一片忠厚老臣心腸。」

一○三、其　十

漢上有游女，求思安可得。袖中一札書，欲寄雙飛翼。冥冥愁不見，耿耿徒緘憶。紫蘭秀空蹊，皓露奪幽色。馨香歲欲晚，感嘆情何極。白雲在南山，日暮長太息。

【校】

1. 一札書：南雄本作一封書。嘉靖本同此本缺「札」字。案：古詩：「客從遠方來，遺我一書札。」故當以一札書爲是。
2. 感歎：稿本作嘆，見前詩。

【註釋】

〔1〕漢上有游女，求思安可得：《詩・周南・漢廣》：「南有喬木，不可休息，漢有游女，不可求思。」

〔2〕冥冥：昏晦也。《詩・小雅・無將大車》：「維塵冥冥。」箋：「冥冥者，蔽人目明令無所見也。」

〔3〕耿耿：《詩・邶・柏舟》：「耿耿不寐。」毛傳曰：「耿耿猶儆儆也。」

〔4〕白雲在南山：《漢書・楊惲傳・報孫會宗書》曰：「田彼南山。」注：「應劭曰：山高而在陽，人君之象也。」陸賈《新語・愼微篇》曰：「邪臣之蔽賢，猶浮雲之鄣日月也。」白雲南山，蓋喻意於此。

〔5〕紫蘭秀空蹊：陸機〈悲哉行〉：「幽蘭盈通谷，長秀被高岑。」曹子建〈七啓〉曰：「紫蘭丹椒。」

【箋】

《彙編唐詩》：「唐云：欲歸隱而不忍辭君，故發嘆。」劉大櫆曰：「爲君臣間記意，猶屈子美人之旨。」

一○四、其十一

我有異鄉憶，宛在雲溶溶。憑此目不覩，要之心所鍾。但欲附高鳥，安敢攀飛龍。至精無感遇，悲惋憤心胸。歸來扣寂寞，人願天豈從。

【校】

1. 心所鍾：白口本作心所鐘。案：鍾者，鍾情也。即多情意。

【註釋】

〔1〕溶溶：廣大貌。《楚辭・九歎》：「逢紛紛體溶溶而東回。」〈九歎・愍命〉：「心溶溶其不可量兮。」

〔2〕飛龍：《易・九五》：「飛龍在天。」疏：「猶聖人之在王位。」

〔3〕至精：猶至誠也。《管子・心術》：「中不精者心不治。」《莊子・漁父》：「眞者精誠之至也，不精不誠不能動人。」

〔4〕悲惋：謂傷歎也。《韓非子・亡徵》：「婢妾之言聽，愛之智用，外內悲惋，而數行不法者可亡也。」

【箋】

陳沆曰：「此與幽林歸獨臥章同旨，而意更切，願附高鳥，遺飛音於天門，豈敢攀龍，希光寵於雲路，君子行道，非求位也，楚辭命靈氛爲予占之曰：兩美必合兮，即人願天豈從之謂也。」

一〇五、其十二

閉門跡群化，憑林結所思。嘯嘆此寒木，疇昔乃芳蕤。朝陽鳳安在，日暮蟬獨悲。浩思極中夜，深嗟欲待誰。所懷誠已矣，既往不可追。鼎食非吾事，雲仙嘗我期。胡越方杳杳，車馬何遲遲。天壤一何異，幽嘿臥簾帷。

【校】

1. 嘯嘆：稿本亦作嘆。見前詩。
2. 跡群化：四庫本、白口本作蹟群化。稿本作蹟。案：蹟爲誤字。
3. 乃：祠堂本、嘉靖本、全唐詩作乃。案：乃同迺字。廼爲迺之俗體字。
4. 雲仙：嘉靖本、南雄本、白口本、四庫本、稿本、全唐詩同此本。案：一本作雲山，雲山，高聳入雲之山。《宋史》：「雲山浩浩歸何處，但聞空際綵鸞聲。」此處謂追求隱居生活。故當作雲山。

【註釋】

〔1〕所思：所思謂清潔之士，一云謂君也。古樂府〈傷歌行〉：「感物懷所思，泣涕忽霑裳。」《楚辭・九歌》：「折芳馨兮遺所思。」

〔2〕疇昔：《左傳・宣公二年》：「疇昔之羊，子爲政，今日之事，我爲政。」注：「疇昔，猶前日也。」

〔3〕芳蕤：垂花溢香也。陸機〈文賦〉：「播芳蕤之馥馥，發青條之森森。」

〔4〕朝陽鳳安在：《詩・大雅・卷阿》：「鳳皇鳴矣，於彼高岡。梧桐生矣，於彼朝陽。」《世說・賞譽》載張華見褚陶語陸平原曰：「君兄弟龍躍雲津，顧彥光鳳鳴朝陽。」

〔5〕既往不可追：《論語・微子》：「往者不可諫，來者猶可追。」陶淵明〈歸去來兮辭〉：「悟已往之不可諫，知來者之可追。」

〔6〕鼎食：列鼎而食，喻官高位尊也。《史記・主父偃傳》：「大夫生不食五鼎，則死烹五鼎。」

〔7〕胡越：胡在北，越在南。《淮南子》：「肝膽胡越，喻遠隔也。」

〔8〕遲遲：舒行貌。《揚雄・反離騷》：「婓婓遲遲而周邁。」

【箋】

陳沆：「末乃絕望而自寬之詞，昔日芳蕤，曾棲朝鳳，今茲寒木，徒悲暮蟬，運謝既然，人事亦爾，言念及此，尚望桑榆之收，其可待乎，已矣往矣，非吾事矣，可以赴吾遐舉之夙期矣，不然，何以渺渺天涯，遲遲軒車，至今曾不我顧哉，子輿出書，尼山望魯，千載此情，彷彿遇之。」

一○六、當塗界寄裴宣州

故人宣城守，亦在江南偏。如何分虎竹，相與間山川。章綬胡為者，形骸非自然。含情津渡闊，倚望脰空延。遠近聞佳政，平生仰大賢。推心徒有屬，會面良無緣。日夕遵前渚，江村投暮煙。念行祇意默，懷遠豈言宣。委曲風波事，難為尺素傳。

【校】

1. 江南偏：英華作江南何。案：从押韻句判斷，當作偏。
2. 如何：英華本作如偏。案：此處當爲英華本與前句錯亂所致。作如何爲是。
3. 脰空延：嘉靖本作遏，英華本作眼空延。案：脰，頸也，乃延頸空望。於義爲是。
4. 日夕：英華本作日久。
5. 祇：白口本、英華本作秖。見前詩。

【註釋】

〔1〕當塗：縣名，東漢置當塗縣，在安徽淮遠縣東南，三國時廢，東晉時帝僑立當塗於今南陵縣北，隋徙其治於今之蕪湖縣東北，即秦漢丹陽縣地。界，當塗與宣州相鄰界也。

〔2〕宣州：晉置治宛陵，即今之安徽省宣城縣，隋廢改置宣州，唐仍之，地在安徽蕪湖縣東南，南陵縣東，與當塗鄰界。

〔3〕虎竹：指銅虎符與竹使符。《史記‧孝文紀》：「初與郡國守相爲銅虎符，竹使符。」注：「集解曰：銅虎符第一至第五，國家當發兵遣使者至郡合符，符合乃聽受之，竹使符皆以竹箭五枚長五寸鐫刻篆書第一至第五。」《後漢書‧杜詩傳》：「舊制發兵皆以虎符，其餘徵調竹使而已。」鮑照〈擬古詩〉：「留我一白羽，將以分虎竹。」

〔4〕推心：謂以誠示人也。《後漢書‧順烈梁皇后紀》：「太后夙夜勤勞，推心仗賢，委任太尉李固等。」

〔5〕章綬：印章及其組綬也。《西京雜記》：「朱買臣爲會稽太守，懷章綬，還至舍亭，而國人未知也。」

〔6〕風波：喻別離也。《文選》李陵〈與蘇武詩〉：「風波一失所，各在天一隅。」

【箋】

按：一〇七首敬酬當塗界留贈宣州刺史裴耀卿，可知裴宣州即裴耀卿。《舊唐書》卷九八〈裴耀卿傳〉云：「歷宣冀二州刺史，皆有善政，入爲吏部侍郎。」

一〇七、敬酬當塗界留贈宣州刺史裴耀卿

茂生寔王佐，仲舉信時英。氣睹衝天發，人將下榻迎。珪符肅有命，江國遠徂征。九派期方越，千鈞或可輕。高帆出風迴，孤嶼入雲平。遄邁嗟于役，離憂空自情。飾簪陪早歲，接攘廁專城。曠別心彌軫，宏規義轉傾。徒然恨飢渴，况乃諷瑤瓊。

【校】

1. 詩題：英華本作敬酬當塗界留贈之作。
2. 當塗界留贈：祠堂本作當塗見贈。
3. 空自情：祠堂本作空有情。
4. 廁專城：祠堂本作側專城。
5. 早歲：湛刊本、成化本作早。
6. 茂生：英華本作藏先。
7. 寔王：祠堂本作實。

【註釋】

〔1〕茂生寔王佐：茂生，裴茂，漢聞喜人，靈帝時歷縣令郡守尚書，建安初以奉使率導關中，諸討李傕有功，封列侯。

〔2〕仲舉信時英：陳蕃，後漢平輿人，字仲舉，封高陽侯，與竇后父大將軍竇武同心戮力，共參政事徵用名賢，爲人方峻疾惡，高潔之士爭歸之。《後漢書·陳蕃傳》：「郡人周璆高潔之士，前後郡守招命，莫肯至，唯蕃能至焉。」

〔3〕珪符肅有命：《周禮》：「上公之禮執桓桂，諸侯之禮執信珪，諸伯執躬珪。」《考工記·玉人》：「命圭九寸謂之桓珪，公守之；命圭八寸謂對信圭，侯守之；命圭七寸謂躬圭，伯守之。」有命：有爵命之謂也。又命圭也。命圭者，王所命之圭也，朝覲執焉。

〔4〕九派：《說文》：「派，別流水也。」《說苑·君道》：「禹鑿江以通九派，灑五湖。」郭璞〈江賦〉：「源二分於崌崍，流九派乎潯陽。」

〔5〕專城：言為一城之主，古州牧太守等多稱之。〈古樂府〉：「三十侍中郎，四十專城居。」

〔6〕瑤瓊：猶瑤緘也，美稱對方之信札也。《詩・衛風・木瓜》：「投我以木桃，報之以瑤瓊。」秦嘉〈答婦詩〉：「詩人感木瓜，乃欲答瑤瓊。」

【箋】

《張九齡年譜附論五種》：「敬酬當塗界留贈，祠堂本目錄作贈裴耀卿。蓋誤以為九齡詩也。」按：裴詩云：「茂生實王佐，九派期方越，千鈞或可輕。」正謂九齡將赴洪州任也。

一〇八、再酬使風見示刺史裴耀卿

茲地五湖鄰，艱哉萬里人。驚飈翻是託，危浪亦相因。宣室才華子，金閨諷議臣，承明有三入，去去速歸輪。

【校】

1. 飈翻：祠堂本作飆翻，嘉靖同此本。

   案：飈為飇之俗字，飆為飆之譌字。飜與翻同。

【註釋】

〔1〕五湖：《史記・夏紀正義》：「五湖者，菱湖、游湖、莫湖、貢福、胥湖，皆太湖東岸，五彎為五湖。」

〔2〕驚飆：《玉篇》：「飆：暴風也。」張衡〈南都賦〉：「足逸驚飆，鏃折毫芒。」《南史・蘇侃傳》：「驚飆兮瀄汨，誰流兮潺湲。」

〔3〕宣室：天子之正室也。《史記・賈誼傳》：「孝文方受釐坐宣室，上因感鬼神事。而問鬼神之本。」《後漢書・陳忠傳》：「武帝納東方朔宣室之至。」

一〇九、餞王尚書出邊

漢相推人傑，殷宗代鬼方。還聞出將重，坐見即戎良。上策應為豫，中權且用光。令申兵氣倍，威憺虜魂亡。樹比公孫大，城如道濟長。夏雲登隴首，秋露泫遼陽。武德舒宸睠，文思餞樂章。感恩身既許，激節膽猶嘗。祖帳傾朝列，軍麾駐道旁。詩人何所詠，尚父欲鷹揚。

【校】

1. 令申：嘉靖本作令由。案：令申，三申五令也。當作令申為是。

2. 泫遼陽：四庫本作抵遼陽。嘉靖本、全唐詩、稿本作校遼陽，南雄本作擅遼陽、白口本作擅遼陽、成化本、湛刊本作滋遼陽。

【註釋】

〔1〕殷宗伐鬼方：《易・既濟》：「高宗伐鬼方，三年克之。」《西羌傳》：「武丁征西戎鬼方，三年乃克。」按此本誤代，當改。

〔2〕上策：上計也。《漢書・溝洫志》：「千載無患，故謂之上策。」

〔3〕中權：凡中心重要之處皆謂之中權。《左傳・宣公十二年》：「前茅慮無，中權後勁。」注：「中軍制謀，後以精兵爲殿。」此謂軍旅之中權，猶言中軍也。梁肅業侯〈李泌文集序〉：「握中權之柄，參復夏之功。」

〔4〕令申：《史記・孫吳傳》：「吳王出宮中美女，得百八十人，孫子分爲二隊，約束既布，乃設鐵鉞即三令五申之。」

〔5〕樹比公孫大：《事物異名・樹木・銀杏樹》：「彙苑，銀杏樹，名公孫樹，言其實久而後生，公種而孫方食也。」

〔6〕道濟：《易・繫辭》：「知周乎萬物，而道濟天下。」

〔7〕膽猶嘗：《史記・越王勾踐世家》：「吳既赦越，越王勾踐反國，乃苦身焦思，置膽於坐，坐臥即仰膽，飲食亦嘗膽也，曰女忘會稽之恥邪。」

〔8〕祖帳：餞別也。謂餞別時有帷帳等之陳設曰祖帳。杜審言〈送崔融詩〉：「祖帳連河闕，軍麾動洛城。」

〔9〕尚父欲鷹揚：《詩・大雅・大明》：「維歸尚父，時維鷹揚。」傳：「師，大師也。尚父，可尚可父。」箋：「尚父，呂望也，尊稱焉。」

【箋】

《通鑑》卷二一二云：「開元十一年夏四月甲子，以吏部尚書王晙爲兵部尚書同中書門下三品。」《舊紀》云：「開元十一年六月王晙赴朔方軍。」知王尚書即王晙。

一一〇、送趙都護赴安西

將相有更踐，簡心良獨難。遠圖嘗畫地，超拜乃登壇。戎即崑山序，車同渤海單。義無中國費，情必遠人安。他日文兼武，而今栗且寬。自然來月窟，何用刺樓蘭。南至三冬晚，西馳萬里寒。封侯自有處，征馬去嘽嘽。

【校】

1. 安西：祠堂本作西安。案：唐代六大都護府之一即安西都護府，作安西為是。
2. 嘗畫地：英華本作長畫地。
3. 昆山序：四庫本作崑山敘，祠堂本、嘉靖本、英華本作崐山序。案：崑山指崑崙山。序者列也。
4. 中國費：英華本作中國廢。案：指軍旅費用，以義服邊，無須用武力，故云義無中國費。
5. 而今：英華本作而君。案：今日、未來之對比，故上句云他日，下句云而今，於義當以而今為是。
6. 南至三冬晚：英華本作南去三冬曉。

【註釋】

〔1〕都護：官名，漢宣帝時置西域都護，使護西域三十六國為加官後廢，至東漢永平間，復置，晉宋以後亦有其官，以當邊遠征討之任，唐置安東、安西、安南、安北、單于、北庭六大都護府以撫輯諸蕃。

〔2〕安西：唐貞觀中平高昌，置安西都護府於交河城，在今新疆省吐魯番縣西，顯慶時，平龜茲，移安西都護治之，改稱龜茲都護府，即今本省庫車縣，統龜茲、焉耆、于闐疏勒四鎮及月氏等九十六府州，至德後改稱安西都護府。

〔3〕更踐：猶踐更也。《漢書．昭帝紀》：「前年以前逋更賦未入者皆勿收。」注：「更有三品，有卒更、有踐更、有過更。」此謂出守也。

〔4〕簡心：誠慎明辯也。《後漢書．班固傳》：「白黑簡心，求善無厭。」

〔5〕超拜乃登壇：超拜，超級拜官也。《漢書．高帝紀》：「於是漢王齋戒設壇場，拜韓信為大將軍。」注：「築土而高曰壇，除地曰場。」

〔6〕車同渤海單：喻軍威之大。渤海，國名，唐武后時靺鞨族粟末部長大作榮所建，其盛時奄有松花江以南至日本海之地，五代時為遼所滅，改名東丹，單猶單露，單外也。《漢書．何並傳》：「家間單外。」注：「單外言郊郭之外而單露。」

〔7〕月窟：指極西之地，西域月氏國之地。梁簡文帝〈大法頌〉：「西踰月窟，東漸扶桑。」

〔8〕樓蘭：漢代西域之國名。《漢書．西域傳》：「鄯善國，本名樓蘭，王治扞尼城，去陽關千六百里。」《史記．匈奴傳》：「定樓蘭烏孫呼揭及其旁二十六國，皆以為匈奴。」

〔9〕嘽嘽：《廣雅・釋訓》：「嘽嘽，眾也」。《詩・小雅・采芑》：「戎車嘽嘽，嘽嘽焞焞。」傳：「嘽嘽，眾也。」

【箋】

《彙編唐詩》：「唐云：曲江大臣而有文，故能辭意兼至。」

一一一、送使廣州

家在湘源住，君今海嶠行。經過中正道，相送倍為情。心逐書郵去，形隨世網嬰。因聲謝遠別，緣義不緣名。

【校】

1. 中正道：全唐詩、稿本、四庫本作正中道。

【註釋】

〔1〕廣州：府名，秦漢時爲南海郡，漢爲南越王趙佗所據，三國吳置廣州南海郡。

〔2〕湘源：湘水之源也。湘水亦曰湘江，源出廣西省興安縣陽海山與灕水同源合流。

〔3〕海嶠：海邊多山之地也。韋琮〈月明星稀賦〉：「俯燭地隅，斜臨海嶠。」

〔4〕世網嬰：嬰，人世之係累。嵇康〈難養生論〉：「循理不經世網。」陸機〈赴洛道中作詩〉：「世網嬰吾身。」《北史・魏・彭城王傳》：「長嬰世網。」

一一二、送姚評事入蜀各賦一物得卜肆

蜀嚴化已久，沉冥空所思。所聞賣卜處，猶憶下簾時。驅傳應經此，懷賢儻問之。歸來說往事，歷歷偶心期。

【校】

1. 詩題：卜肆，嘉靖本作肆十。案：卜肆，占卜館。見《史記》，當以卜爲是。
2. 嘗聞：嘉靖本作所聞。
3. 沈冥：英華本作湛明。案：《漢書》云：「蜀嚴湛冥。」《法言》：「蜀莊沈冥。」知「沈冥」或作「湛明」。

【註釋】

〔1〕評事：官名。《事物起源・九寺卿・少部評事》：「漢宣帝第三年，初置廷

尉左右評，魏晉無左右，直曰評。隋煬帝始曰評事，屬方理寺，掌平決刑獄。」

〔2〕卜肆：《史記・日者列傳》：「司馬季者，楚人也，卜於長安東市，宋忠爲中大夫，賈誼爲博士，同日俱出洗沐云云：一人即同輿而之市，游于卜肆中。」

〔3〕蜀嚴化已久，沈冥空所思：《漢書・王吉貢禹傳序》：「蜀漢湛冥，不作苟見，不治苟得，久幽而不改其操，雖隨和何以加諸。」《法言・問明》：「蜀人姓莊，名遵，字君平，湛冥去默無欲也。」吳筠〈逸人傳〉：「楚狂隱晦，蜀嚴湛冥。」

〔4〕驅傳應經此，懷賢儻問之：指賈誼問司馬季主事。《史記・日者列傳》：「司馬季主楚人也，卜於長安東市……宋忠賈誼二人同輿而之市遊。遊卜肆中天新雨道少人，司馬季主閒坐，弟子三四人侍，方辯天地之道，日月之運，陰陽吉凶之本。二大夫再拜謁司馬季主，視其狀貌類有知者，即禮之，使弟子延之坐，司馬季主復理前語，宋忠賈誼瞿然而悟曰：何居之卑而行之汙也。季主大笑曰：賢者不與不肖者同列，故寧處卑以避眾，忠、誼聞之，爽然自失。」

一一三、送竇校書見餞得雲中辨江樹

江水連天色，天涯淨野氛。微明暗傍樹，淩亂渚前雲。舉棹形隨轉，登艫意漸分。渺茫從此去，空復惜離群。

【校】

1. 詩題：英華本作竇校書見餞得雲中辨江樹。
2. 連天色：全唐詩、全唐詩稿本作天連色。案：江水，天色相連，與天涯、野氛明淨。對仗工整，當以連天色爲是。
3. 天涯：四庫本、英華本、全唐詩稿本、全唐詩作無涯。
   案：天涯，天之遙遠遼闊。無涯，無窮盡。當以天涯爲是。

【註釋】

〔1〕校書：校書，官名。掌校讎書籍。《漢書・劉向傳》：「成帝即位，詔向領校中五經秘書。」〈劉歆傳〉：「河平中受詔與父向領校秘書。」此皆非專職，東漢有校書之任，而亦未以爲官，以郎居其任，則謂之校書郎中，至

魏始置秘書郎，隋唐及宋皆置之，屬秘書省，元廢。

〔2〕野氛：野氣也。

一一四、餞王司馬入計同用洲字

元寮行上計，舉餞出林丘。忽望題輿遠，空思解榻遊。別筵鋪柳岸，征棹倚蘆洲。獨歎湘江水，朝宗向北流。

【校】

1. 元寮：全唐詩見元僚。
2. 林丘：四庫本作林邱。
3. 題輿遠：四庫本作題輿遠。
4. 獨歎：祠堂本、嘉靖本同此本。

【註釋】

〔1〕王司馬入計：司馬見前第卌七首註 1。

〔2〕元寮：輔佐之重臣。《南史・唐杲之傳》：「盛府元寮，實難其選。」

〔3〕朝宗向北流：《書・禹貢》：「江漢朝宗于海。」《詩・小雅・沔水》：「沔彼流水，朝宗於海。」言百川歸海猶諸侯之朝天子也。

一一五、東湖臨泛餞王司馬

南土秋雖半，東湖草未黃。聯乘風日好，來泛芰荷香。蘭棹每勞速，菱歌不厭長。忽懷京洛去，難與共清光。

【校】

1. 詩題：英華本作東湖臨泛餞楊司馬。案：此處宜作王司馬。
2. 東湖：稿本作東吳。案：詩題有東湖臨泛，當作東湖。
3. 草未黃：祠堂本、全唐詩、全唐詩稿本、白口本、嘉靖本、英華本、四庫本同此本。案：前句云秋雖半，云秋半而木未黃。於此當以草未黃爲是。一本作草木黃，非。
4. 泛：全唐詩、全唐詩稿本作汎。

【註釋】

〔1〕王司馬：見前卅一首註 1。即王入計。

〔2〕芰荷：薢茩爲芰，芙蕖爲荷，生水中，葉浮水上，花黃白色。宋玉〈招魂〉：

「雜芰荷些，紫莖屏風。」《大叢雜記》:「池沼之內，冬月亦剪綵為芰荷。」

〔3〕菱歌：採菱之歌。鮑照〈採菱歌〉:「蕭弄澄湘北，菱歌清漢南。」

〔4〕清光：月光也。江淹〈望荊山詩〉:「寒郊無留影，秋日懸清光。」

一一六、餞濟陰梁明府各探一物得荷葉

荷葉生幽渚，芳華信在茲。朝朝空此地，采采欲因誰。但恐星霜改，還將蒲稗衰。懷君美人別，聊以贈心期。

【校】

1. 稗：祠堂本、白口本、嘉靖本、全唐詩、全唐詩稿同此本。
   案：謝靈運詩：「芰荷迭映蔚，蒲稗相因依。」
2. 聊以：英華本作聊取。

【註釋】

〔1〕濟陰：郡名，漢初為濟陰國，尋改國為郡，晉改曰濟陽郡，今山東省荷澤、定陶、濮、城武、曹、鉅野諸縣皆其地，治定陶北齊，廢，隋復置，並置濟陰縣為郡治，唐廢。

〔2〕明府：漢人稱太守曰府君，或稱明府君，簡稱明府。《漢書・孫寶傳》:「寶拜廣漢太守，徵為京兆尹，故吏侯文曰：明府素著威名。」《後漢書・張湛傳》:「湛歷太守，都尉，為左馮翊，主簿進曰：「明府位尊德重。」又唐時稱縣令為明府。

〔3〕采采：《詩・周南・卷耳》:「采采卷耳。」傳：「采采，事采之也。」馬瑞辰《傳箋通釋》:「按蒹葭詩，蒹葭采采。傳：采采猶萋萋也。萋萋猶蒼蒼也。皆謂盛也。」

〔4〕蒲稗：蒲草與稗草也。謝靈運〈石壁精舍還湖中詩〉:「芰荷迭映蔚，蒲稗相因依。」注：「善曰：杜以左傳注曰：稗草之似穀者。」

〔5〕心期：心中期許也。兩心相許也。任昉〈郭生方至詩〉:「客心宰自弭，中道遇心期。」

一一七、餞陳學士還江南同用徵字

荷篠旋江澳，御杯餞霸陵。別前林鳥息，歸處海煙凝。風土鄉情接，雲山客念憑。聖朝巖穴選，應待鶴書徵。

【校】

1. 荷篠：全唐詩、全唐詩稿本作荷蓧。案：荷篠指隱者。《論語》：「遇丈人，以杖荷蓧。」
2. 御杯：祠堂本、嘉靖本、四庫本、全唐詩、全唐詩稿本作銜杯。案：銜杯，以杯就口而飲也。《文選》劉伶〈酒德頌〉：「於是方俸甖承槽，銜杯漱醪。」以銜杯爲是。
3. 巖亢選：祠堂本、湛刋本、白口本、成化本、嘉靖本、四庫本、南雄本、全唐詩、全唐詩稿本作巖穴選。案：巖穴，指巖穴之士。

【註釋】

〔1〕學士：學士，官名，見前五十五首註 1。

〔2〕荷篠：指隱者。《論語・微子》：「子路從而後，遇丈人，以杖荷蓧。」集解：「包曰：蓧、竹器名也。」《史記・孔子世家》：「遇荷蓧丈人。」

〔3〕銜杯餞霸陵：銜杯、飲酒也。劉伶〈酒德頌〉：「於是方俸甖承槽，銜杯漱醪。」《演繁露》：「黃圖曰：霜橋跨霸水爲橋也，漢人送客至此。」

〔4〕風土：謂氣候與土地宜也，亦爲民風土俗之概稱。《國語・周語》：「是日也，瞽歸音官以省風土。」注：「以音律省土風，風氣和則土氣養。」《晉書・阮籍傳》：「樂其風土。」

〔5〕巖穴：《漢書・鮑宣傳》：「陛下擢臣巖穴。」左思〈招隱詩〉：「巖穴無結構，聖朝巖穴選。」蓋巖穴指巖穴之隱者，《史記・信陵君傳》：「信陵君之接巖穴隱者，不耻下文有以也。」

〔6〕鶴書徵：書體名。孔稚珪〈北山移文〉：「鳴騶入谷，鶴書赴隴。」注：「善曰：蕭子良古今篆隸文體曰：鶴頭書，與偃波書俱招板所用，在漢則謂之尺簡，髣髴鶴頭，故有其稱。」《誠齋雜記》：「鶴頭書，古者用以招隱士。」

【箋】

《彙編唐詩》：「唐玄宗：曲江語尙沈實，觀此調亦未嘗不高。」

一一八、通化門外送別

屢別容華改，長愁意緒微。義將私愛隔，情與故人歸。薄宦無時賞，勞生有事機，離魂今夕夢，先繞舊林飛。

【校】

1. 私愛：英華本作恩愛。案：私愛者，指二人私交而言。當私愛為是。

【註釋】

〔1〕意緒：思緒也。王融〈琵琶詩〉：「絲中傳意緒，花裡寄春情。」

〔2〕勞生有事機：勞生謂人生多勞苦也。《莊子．大宗師》：「夫大塊載吾以形，勞我以生，佚我以我，息我以死。」事機，處世之機宜也。《吳子．論將》：「凡兵有四機……三曰事機。」《晉書．賈逵傳贊》：「精達事機。」

〔3〕私愛：偏愛也。《漢書．五行志》：「賢以私居大位。」《管子．樞言》：「天下無私愛也，無私憎也。」

【箋】

《彙編唐詩》：「鍾云：慘澹動人。」

一一九、送楊道士往天台

鬼谷還成道，天台去學仙。行應松子化，留與世人傳。此地煙波遠，何時羽駕旋。當須一把袂，城郭共依然。

【校】

1. 煙波遠：嘉靖本、英華本作烟波遠。

【註釋】

〔1〕道士：崇奉道教之人。按：道士以老子為始祖，然西漢以前無道士之名。東漢張陵創五斗米道，後人始稱其徒為道士。

〔2〕天台：山名，在浙江省天台縣北，為仙霞嶺脈之東支，西南接括蒼，雁蕩二山，西北接四明、金華二山，蜿蜒綿亙，形勢崇偉，相傳漢時有劉晨，阮肇入天台採藥遇仙故事。陶弘景《眞誥》，謂山有八重，四面如一，當斗牛之分，上應台宿，故曰天台。

〔3〕鬼谷：鬼谷子，戰國人，居鬼谷，號鬼谷先生，張儀、蘇秦等嘗從學縱橫術，在世數百歲，不知所終。

〔4〕松子化：赤松子，神農時雨師，服水玉以教神農，能入火不燒，往往至崑崙山上，常止西王母石室中，隨風雨上下，炎帝少女追之，亦得仙，至高帝時復為雨師。曹植〈贈白馬王彪詩〉：「虛無求列仙，松子久吾欺。」

〔5〕把袂：親自接見。梁元帝〈與蕭繹書〉：「何時把袂，共披腹心。」何遜〈贈江長史別詩〉：「餞道出郊坰，把袂臨洲渚。」

〔6〕城郭共依然：《神仙傳》：「蘇仙公，桂陽人，昇雲而去，後有白鶴來止郡城樓上，人或彈之，鶴以爪書曰：城郭是，人民非。」

一二〇、送楊府李功曹

平生屬良友，結綬望光輝。何知人事拙，相與宦情非。別路穿林盡，征帆際海歸。居然已多意，况復兩鄉違。

【校】

1. 兩鄉：嘉靖本作而鄉。案：兩鄉者指分隔兩地。於義爲是。
2. 相與：英華本作連與。案：當以相與爲是。

【註釋】

〔1〕功曹：官名，漢諸州有功曹書佐，在郡曰功曹史，主選署功勞，北齊諸州皆置功曹參軍，隋煬帝罷州置郡，改曰司功書佐，唐在府曰功曹參軍，在州曰司功參軍，縣亦置之，僅稱司功。掌官園祭祀、禮樂、學校、選舉、表疏、醫巫考課喪葬之事……宋廢。

〔2〕結綬：印綬也。《後漢書・朱穆傳論》：「紵衣傾蓋，彈冠結綬之夫，遂隆其好。」顏延之〈秋胡詩〉：「脫巾千里外，結綬登王畿。」注：「善曰，綬，仕者所佩。」

〔3〕征帆：張蓬進行之船也。庾信〈應令詩〉：「路塵猶向水，征帆獨背關。」

一二一、送宛句趙少府

解巾行作吏，樽酒謝離居。修竹含清景，華池澹碧虛。地將幽興愜，人與舊遊踈。林下紛相送，多逢長者車。

【校】

1. 詩題：英華本作送宛句趙少府子卿。
2. 解巾：南雄本作解中。案：解巾，《後漢書》：「詔書逼切，不得已解巾之郡。」按此喻仕官。南雄本作解中非是。
3. 樽酒：全唐詩作尊洒。案：尊，酒器，與樽同。
4. 修竹：白口本、英華本、祠堂本、全唐詩稿本作脩竹。
5. 人與舊遊踈：人與，英華本作情與。踈，祠堂本作疎，四庫本、全唐詩作疏。案：人與舊遊踈，指趙少府將離此舊友，此本是。

【註釋】

〔1〕宛句：即寃句，亦作宛朐，漢置，景帝封元王子埶爲宛朐侯於此，唐黃巢爲寃句人，宋改宛亭縣，金圮於河，故治在今山東省，荷澤縣西南。

〔2〕少府：少府，官名，秦置，漢因之，爲九卿之一，掌山海地澤之稅，以奉養天子，爲天子之私存，東漢掌官中服御衣服寶貨珍膳之屬，至隋置爲少府監，領尚方，織染等署，唐宋因之，明廢，以其職併於工部。

〔3〕解巾：喻仕官。《後漢書・韋義傳》：「詔書逼切，不得已解巾之郡。」注：「巾，幅巾，既服冠冕，故解幅巾。」

〔4〕離居：《書・盤庚下》：「今我民用，蕩析離居。」《詩・小雅・兩無正》：「正大夫離居，莫知我勩。」

〔5〕脩竹：張衡〈東京賦〉：「永安離宮，脩竹冬清。」謝眺〈和王著作八公山詩〉：「阡眠起雜樹，檀欒蔭脩竹。」

〔6〕華池：《論衡・談天》：「崑崙山上，有玉泉華池。」孫綽〈遊天台山賦〉：「挹以玄玉之膏，漱以華池之泉。」注：「善曰：史記曰：崑崙其上有華池。」

〔7〕長者車：《史記・陳丞相世家》：「陳平，家貧，居乃負郭窮巷以席爲門，然門外多長者車轍。」

一二二、送韋城李少府

送客南昌尉，離亭西候春。野花看欲盡，林鳥聽猶新。別酒青門路，歸軒白馬津。相知無遠近，萬里尚為鄰。

【校】

1. 離：李補本作離。案：離爲離之譌字。

【註釋】

〔1〕韋城：韋城縣，本名豕韋國。《後漢書・地理志》：「白馬縣東南有韋城，古豕韋氏之國，隋置韋城縣，金圮於水，遂廢。」在今河南滑縣東南。

〔2〕少府：少府，官名見前一二一首註 1。

〔3〕南昌尉：南昌，府名，漢豫章郡，隋唐洪州南唐建南都，升爲南昌府，明初爲洪都府，後改名南昌，清因之，屬江西省治南昌新兩縣，南昌縣在江西省，新建縣東漢故城爲灌嬰所築，名曰灌嬰城。尉、官名，秦漢以太尉

掌兵事，廷尉聽獄，漢於縣亦置尉，主捕盜賊察姦宄，其後歷代相沿，又有都尉騎尉等名，皆爲武職。

〔4〕離亭：送別餞行之處也。王勃〈江亭月夜送別詩〉：「寂寂離亭掩。」

〔5〕青門：《漢書・王莽傳》云：「七月辛酉，壩城門災，民間所謂青門也。」注：「師古曰：三輔黃圖云：長安城東出南頭名壩城門，俗以其字青名曰青門。」阮籍〈詠懷詩〉：「昔聞東陵爪，近在青門外。」

〔6〕白馬津：渡場之名，河南省滑縣之北。《戰國策・趙策》：「張儀說趙王，守白馬之津。」《史記・荊燕世家》：「劉賈將二萬人騎數百，渡白馬津，入楚地。」

【箋】

《彙編唐詩》：「唐云：野花看欲盡，林鳥聽猶新，寫景細。吳云：別酒青門路，歸軒白馬津，相知無遠近，萬里尚爲鄰，安慰行者。」

一二三、送蘇主簿赴偃師

我與文雄別，胡然邑吏歸。賢人安下位，鷙鳥欲卑飛。激節輕華冕，移官徇綵衣。羨君行樂者，從此拜庭闈。

【校】

1. 行樂者：白口本、全唐詩、全唐詩稿本作行樂處，嘉靖本同此本作行樂者。案：行樂處，指主簿赴偃師，偃師爲武王伐紂時，因嘗於此築城，息偃戎師而名。據此，當從此本。

【註釋】

〔1〕主簿：官名。《通考・職官考》：「古者官府皆有主簿一官，上自三公及御史府，下至九寺五監，以至郡縣多置之，所職者簿書，蓋曹椽之流耳。」

〔2〕偃師：縣名，屬河南省，在洛陽縣東，本殷西亳地，漢置偃師縣，以周武王伐紂，嘗於此築城，息偃戎師，故名。

〔3〕文雄：文豪也。《論衡・佚文》：「文雄會聚。」唐玄宗〈贊張說詩〉：「既調飾鶴，又擅雕龍，有典有則，是爲文雄。」

〔4〕鷙鳥欲卑飛：文韜《五韜發啓》：「鷙鳥將擊，卑飛歛翼，猛獸將搏，弭耳俯伏。」

〔5〕華冕：美冠也。陸雲〈騷行吟〉：「振華冕之玉藻，樹象軒之高蓋。」

〔6〕綵衣：《論衡・四緯》：「施刑綵衣系躬，冠帶與俗人殊。」遜逖〈送李給事歸徐卅覲省詩〉：「列位登青瑣，還鄉服綵衣。」

〔7〕庭闈：親之所居也。束晳〈補亡詩〉：「春戀庭闈，心不遑安。」

一二四、送廣州周判官

海郡雄蠻落，津亭壯越臺。城隅百雉映，水曲萬象開。里樹桄榔出，時禽翡翠來。觀風猶未盡，早晚使車廻。

【校】

1. 津亭壯越臺：全唐詩稿本作北越臺。案：從詞性言「壯」、「雄」相同，作北則非，故以壯越臺爲是。
2. 便車廻：全唐詩作回。案：回俗作廻。

【註釋】

〔1〕判官：判官，官名，唐置，爲節度，觀察等使僚屬，宋沿其制，遼金元於各府州皆置之，明代惟置州判官，視其事之繁簡，無定員，清代州判官即以州判爲官名。

〔2〕海郡：廣州漢時爲南海郡。

〔3〕越臺：越臺指越王臺，在今廣州越秀山，漢時南越尉佗所築。《一統志》：「句踐登眺之所，在會稽稷山。」

〔4〕城隅百雉映：《禮・坊記》：「都城不過百雉。」《左傳・隱公元年》：「都城過百雉。」注：「方丈曰堵，三堵曰雉，一雉之牆長三丈，高一丈。」疏：「一丈爲板，板廣二尺，五板爲堵，一堵之牆長丈高丈，三堵爲雉，一雉之牆長三丈，高一丈。」

〔5〕桄榔：《玉篇》：「廣志云：桄榔樹如櫻葉，木中有屑，如麵。」《本草・桄榔子釋名》：「木名，姑榔木、麵木、董櫻、鐵木，時珍曰：其木似檳榔而光利，故名桄榔，姑榔其音訛也。」

〔6〕觀風：觀察風俗也。《禮・王制》：「命大師陳詩以觀民風。」疏：「各陳其國風之詩，以觀其政令之善惡，後因以謂觀風俗。」《漢書・平帝紀》：「假節分行天下，觀覽風俗。」

〔7〕使車：使者所乘之車。《漢書・蕭望之傳》：「拜育爲南郡太守，上以育耆舊名臣，乃以三公使車載育，入殿中受策。」注：「孟康曰：『使車，三公

奉使之車。』」

〔8〕津亭：在渡口邊之旗亭。王勃〈江亭月夜送別詩〉：「津亭秋月夜，誰見泣離群。」

〔9〕水曲：謂水流曲折處也。又水濱也。《周禮・地官》保氏四日五馭注：「五馭鳴和鸞，逐水曲，過君表，舞交衢，逐禽左。」

【箋】

周判官即周子諒。《曲江文集》卷十三〈荊州謝表〉云：「臣往年按察嶺表，便道赴使，訪問周子諒，久經推覆，遙即奏充判官。」按《通典》卷三一云：「景雲二年改置按察使道各一人，開元十年省，十七年復置，二十二年改置採訪處置使，理於所部之大郡。」《新唐書》卷四三上〈地理志〉云：「嶺南採訪使治廣州。」則嶺南按查使蓋亦治於廣州，九齡便道赴使當謂赴廣州，知周判官即周子諒。

一二五、別鄉人南還

橘柚南中暖，桑榆北地陰，何言榮落異，因見別離心，吾亦江鄉子，思歸夢寐深，聞君去水宿，結思渺雲林，牽綴從浮事，遲廻謝所欽，東南行舫遠，秋浦念猿吟。

【校】

1. 南中暖：英華本作南煖。案：暖與煖同。
2. 遲迴：全立詩作遲回。

【註釋】

〔1〕江鄉子：喻水鄉人。王灣〈晚春詣蘇州詩〉：「蘇臺憶季常，飛櫂歷江鄉。」

〔2〕水宿：水邊之宿驛。謝靈運〈游赤石進帆海詩〉：「水宿烟雨寒，洞庭霜落微。」

〔3〕牽綴：連續、斷續。《吳志・周魴傳》：「首尾相銜，牽綴往兵。」謝靈運〈會吟行〉：「牽綴書風土，辭殫書土風。」

〔4〕秋浦：秋日之水濱。浦：水瀕也，涯也。《詩・大雅・常武》：「率陂淮浦。」

一二六、郡江南上別孫侍郎

雲嶂天涯盡，川途海縣窮，何言此地僻，忽與故人同，身負邦君弩，情紆

御史驄，王程不我駐，離思逐秋風。

【校】

1. 詩題：全唐詩、白口本、四庫本、全唐詩稿本作郡上江南別孫侍御。郡江南上：四庫本作郡南江上。案：詩中云御史驄，且同卷附載奉酬洪州江上見贈一首，題名監察御史孫翃。故作「別孫侍御」爲是。
2. 王程：嘉靖本作王城。案：王程者，別去的行程。王者往也。程，行程。

【註釋】

〔1〕海縣窮：南海縣近海，江水至此入海故云海縣窮。

〔2〕御史驄：驄馬御史。《後漢書．桓典傳》：「拜侍御史常乘驄馬，京師畏憚，爲之語曰：行行且止，避驄馬御史。」御史，官名，周時掌贊書而授法令，戰國則爲史官，漢御史大夫列位三公，其屬有御史中丞，掌圖籍秘書，兼司糾察，所居之署謂之御史府，亦謂之憲臺，亦曰蘭臺寺，以中丞爲台長，始事任彈劾，歷代因之，唐制，御史臺置大夫一人，中丞爲之貳，其屬有三院，一曰臺院，侍御史隸焉，二曰殿院，殿中御史隸焉，三曰察院，監察御史隸焉。

〔3〕王程：爲王事奔走之旅程，又赴任之期限，李景亮〈人虎傳〉：「吾恐久留使旆稽滯王程，願與子訣。」

【箋】

《曲江集》卷四有郡江南上別孫侍郎詩，同卷附載奉酬洪州江上見贈一首，題名監察御史孫翃，知侍郎乃侍御之誤。《全唐詩》作侍御，孫侍郎即孫翃。

一二七、奉酬洪州江上貝贈監察御使孫翃

受命讞封疆，逢君牧豫章，於焉審虞芮，復爾共舟舫，悵別秋陰盡，懷歸客思長，江皐枉離贈，持此慰他鄉。

【校】

1. 舟舫：四庫本作舟航。案：虞、芮皆地名，舟舫皆船稱，作舟航則詞性不對。
2. 江皐：嘉靖本作江皋。

【註釋】

〔1〕洪州：見前註。

〔2〕監察御史：監察御史，官兵，隋置，本名監察侍御史，初秦以御史監理諸兩，亦稱監察史，漢罷其名，至晉太元中，始置檢校御史，掌刑馬外事，北朝亦置之，隋改爲監察御史唐因之，掌分察百僚，巡按州縣之獄訟，軍戎、祭祀，出納諸事。

〔3〕讞封疆：《禮・文王世子》：「獄成，有司讞于公。」注：「讞之言白也。」《漢書・景帝紀》：「諸獄疑若雖文致於法，而於人心不厭者，輒讞之。」注：「讞，平議也。」封疆，謂守國境之將帥也。《禮記・樂記》：「石聲磬，磬以立辨，辨以致死，君子聽磬聲，則思死封疆之臣。」

〔4〕牧豫章：治豫章也。豫章，郡名，即今江西省地，治南昌，即今南昌縣。

〔5〕審虞芮：審虞芮之訟。《史記・周紀》：「虞芮之人，有獄不能決，乃如周，入界，耕者皆讓畔，民俗皆讓長，虞芮之人，皆慚相謂曰：吾所爭，周人所恥，向往爲衹取辱耳，遂還，俱讓而去。」注：「虞在河南太陽縣，芮在馮翊臨晉縣。」《孔子家語・好生》：「亦見載錄。」

一二八、江上遇風疾

疾風江上起，鼓怒揚煙埃，白晝晦如夕、洪濤聲若雷，投林鳥鍛羽，入浦魚曝鰓，瓦飛屋且發，帆快檣已摧，不知天地氣，何為此喧豗。

【校】

1. 鍛羽：祠堂本、四庫本、嘉靖本、全唐詩、全唐詩稿本作鎩羽。案：鎩羽，毛羽摧落，不能奮飛也。鮑照〈拜侍郎疏〉：「鍛羽暴鱗，復見翻躍。」於義爲是。
2. 鼓怒：全唐詩、全唐詩稿本、嘉靖本、南雄本、白口本同此本。
3. 揚：李本補本作楊。

【註釋】

〔1〕鳥鎩羽：謂毛羽摧落，不能奮飛也，亦以爲失志之喻。鮑照〈拜侍郎疏〉：「鎩羽暴鱗，復見翻躍。」劉峻〈與宋元思書〉：「憑子握璵璠而鎩羽。」

〔2〕鼓怒：水相激作聲如人之怒也。《文選》郭璞〈江賦〉：「激逸勢以前驅，乃鼓怒而作濤。」注：「銑」曰：相擊鼓怒而作波濤也。」

〔3〕魚曝鰓：見前五十六首酬王六霽後書懷見示注。喻困頓也。《南史・何敬容傳》：「曝鰓之魚，不念杯酌之水，蓋大魚集龍門下數千不得上，上者爲

龍，不上者點額魚曝顋。」

〔4〕喧豗：《玉篇》：「喧，大語也。」徐陵〈太極銘〉：「帝旅無喧。」《正韻》：「豗，喧豗，鬨聲也。」

一二九、初發江陵有懷

極望涔陽浦，江天渺不分，扁舟從此去，鷗鳥自為群，他日懷真賞，中年負俗紛，適來果微尚，倏爾會斯文，復想金閨籍，何如夢渚雲，我行多勝寄，浩思獨氛氳。

【校】

1. 倏爾：全唐詩同此本。
2. 復想：嘉靖本作須想。案：此處作復想爲是。

【註釋】

〔1〕江陵：今縣名，屬湖北省，在潛江縣西，春秋楚郢都，漢置江陵縣，梁元帝及後梁蕭發先後都此。唐江陵府，五代高季興據此，稱南平國，宋江陵郡均治於此，清荊州府治城臨長武北岸，而地勢甚低，因此築堤防護，市肆均在堤內。

〔2〕涔陽浦：《楚辭・九歌湘君》：「望涔陽兮極浦。」注：「涔陽，江碕名，近附郢。碕，曲岸，今澧州有涔陽浦。」

〔3〕鷗鳥自爲群：謂人無機心，能與弱類相與狎近也。《列子・黃帝》：「海上之人有好鷗鳥者，每旦之海上，從鷗鳥游，鷗鳥之至者，百住而不止，其父曰：吾聞鷗鳥皆從汝浮，汝取來，吾玩之。明日之海上，鷗鳥舞而不下也。」

〔4〕眞賞：好景可賞玩者也。祭文恭〈遊山應制詩〉：「息駕尋眞賞。」意謂眞誠褒賞。《南史・王筠傳》：「知音者希，眞賞殆絕。」

〔5〕氛氳：盛貌。《文選》謝惠連〈雪賦〉：「散漫交錯，氛氳蕭索。」

一三〇、自豫章南還江上作

歸去南江水，磷磷見底清，轉逢空闊處，聊洗滯留情，浦樹遙如待，江鷗近若迎，津途別有趣，况乃濯吾纓。

【校】

1. 逢：李補本作逄。案：逄，塞也，於義不合。

【註釋】

〔1〕豫章：見前一二七首註4。

〔2〕磷磷：《文選》劉楨〈從弟詩〉：「汎汎東流水，磷磷水中石。」銑注：「磷磷，水中見石貌。」

〔3〕濯吾纓：《孟子・離婁》：「有孺子歌曰：滄浪之子清兮，可以濯我纓，滄浪之水濁兮，可以濯我足。孔子曰：小子聽之，清斯濯纓，濁斯濯足矣，目取之矣。」孔平仲詩：「本自無塵，何須濯纓。」

一三一、道逢北使題贈京邑親知

征驂稍靡靡，去國方遲遲，路遶南登岸，情搖北上旗，故人憐別日，旅鴈逐歸時，歲晏無芳草，將何寄所思。

【校】

1. 詩題：李補本逢作逄，爲誤寫。
2. 情搖北上旗：湛刊本、南雄本、白口本、成化本、嘉靖本、四庫本、全唐詩稿本、全唐詩、李補本同此本。案：前句寫路遶爲景，下句寫情搖，則在描述已之情感，當以情搖爲是。一本作惜搖，非。
3. 旅鴈：全唐詩作旅雁。南雄本作孤雁。案：藉旅雁喻自己的飄泊異鄉，於義爲通。

【註釋】

〔1〕征驂稍靡靡：征驂，遠行之車馬。靡靡，猶遲遲也。《詩・王風・黍離》：「行邁靡靡。」

〔2〕將何寄所思：《古詩・第六首》：「采之欲寄誰，所思在遠道。」《古詩・第九首》：「攀條折其榮，將以遺所思。」

一三二、江上使風呈裴宣州

江路與天連，風帆何淼然，遙林浪出沒，孤舫鳥聯翩，常自千鈞重，深思萬事捐，報恩非徇祿，還逐賈人船。

【校】

1. 詩題：全唐詩、全唐詩稿本作江上使風呈裴宣州耀卿。祠堂本、李補本同此本。案：裴耀卿曾於開元中任宣州刺史，此處詩題當以裴宣州爲是。

2. 常自千鈞重：四庫本、全唐詩、全唐詩稿本作常愛千鈞重。案：裴耀卿〈敬酬張九齡當塗留贈〉之作有云：「九派期方越，千鈞或所輕。」當以「常愛千鈞重」爲是。

【註釋】

〔1〕裴宣州：見前一〇六首註 2。

〔2〕淼然：《楚辭・九章・哀郢》：「淼南渡之焉如。」注：「淼滉瀰望無際極也。」

〔3〕聯翩：鳥飛貌。《文選・陸機文賦》：「浮藻聯翩。」注：「翰曰，鳥飛貌。」

〔4〕千鈞：鈞：三十斤。《漢書・枚乘傳》：「夫以一縷之任係千鈞之重。」《淮南子・說林訓》：「譬若懸千鈞之重於木之一枝。」

【箋】

開元十五年三月授洪州刺史，赴任，過當塗有寄裴耀卿詩二首，裴亦有二首酬之，按裴詩云：「茂生實王佐，仲舉信時英，氣覩衝天發，人將下榻迎，珪符肅有命，江國遠徂征，九派期方越，千鈞或可輕。」正謂九齡將赴洪州任也。

一三三、谿行寄王震

山氣朝來爽，谿流自尚清，遠心何處愜，閑棹此中行，叢桂林間待，群鷗水上迎，徒然適我願，幽獨為誰情。

【校】

1. 谿行：全唐詩、嘉靖本作溪行，見前詩。
2. 自尚清：祠堂本、四庫本、全唐詩、全唐詩稿本作日向清，嘉靖本作自尚清。案：「日向」與「朝來」詞性相對，言日照之處，谿流清登。此本當改。

【註釋】

〔1〕王震：疑即王履震，見前五十六首註 1。

〔2〕遠心：思慮深遠之心也。《文選》夏侯諶〈東方朔畫贊〉：「若乃遠心曠度。」

一三四、將至岳陽有懷趙二

湘浦多深林，青冥晝結陰，獨無謝客賞，況復賈生心，草色雖云發，天光或未臨，江潭非所遇，為爾白頭吟。

【校】

1. 詩題：祠堂本作將至洛陽有懷趙二。案：趙冬曦被貶於岳陽，首句言「湘浦」點出地點，故以將至岳陽爲是。
2. 湘浦：全唐詩、全唐詩稿本、白口本作湘岸。案：浦者，岸也。湘浦與湘岸義同。
3. 草色：湛刊本作色草。案：「草色」與下句「天光」詞性對。
4. 白頭吟：祠堂本、嘉靖本、南雄本、白口本、四庫本、全唐詩稿本同此本。

【註釋】

〔1〕岳陽：縣名，南朝梁置，并置岳陽郡，故城在今湖南湘陰縣南。

〔2〕獨無謝客賞：謝客，謂南朝宋謝靈運也。小名客兒，文章之美與顏延之爲江左第一，性好山水，與族弟惠連，東海何長瑜，潁川荀維，太山羊璿之，以文章賞會，共爲山澤之遊。

〔3〕江潭非所遇：《楚辭・九歌》：「長瀨湍流泝江潭兮，狂顧南行聊以娛心兮。」《楚辭・漁父》：「屈原既放，遊于江潭，行吟澤畔。」引喻以傷趙二。故下有爲爾白頭吟之句。

〔4〕白頭吟：《樂府詩集・相和歌辭・楚調曲・白頭吟》：「古今樂錄曰：王僧虔技錄曰：白頭吟行，歌古皚如山上雪篇。《西京雜記》曰：司馬相如將聘茂陵人女爲妾，卓文君作白頭吟以自絕，相如乃止。」《樂府解題》曰：「古辭云：皚如山上雪，皎若雲間月。又云：願得一心人，白頭不相離。」始言良人有兩意，故來與之相決絕，次言別於溝水之上，敘其本情，終言男兒重意氣，何用於錢刀。一說云：白頭吟，疾人相知以新間舊，不能至於白首，故以爲名。」

【箋】

《新唐書・卷二〇〇・趙冬曦傳》云：「開元初，遷監察御使，坐事流岳州。」時張岳亦貶岳州，冬曦得與從遊，有詩多首載說之文集中，再考說之文集卷七〈初出湖寄趙冬曦詩〉云：「湘浦來賜環，荊門猶主諾。」當是自岳陽赴荊州出洞庭湖寄冬曦者，且九齡此詩有況復賈生心之語，亦與冬曦流寓之情相符，是知趙二即冬曦也。

一三五、南陽道中作

登鄧屬歲陰，及宛懵所適，復聞東漢主，遺此南都迹，佳氣藹厥初，霸圖

紛在昔，茲邦稱貴近，與世嘗薰赫，遭遇感風雲，變衰空草澤，不識鄧公樹，猶傳陰后石，驅馬歷闉闍，荊榛翳阡陌，事去物無象，感來心不懌，懷古對窮秋，興言傷遠客，眇默遵岐路，辛勤弊行役，雲鴈號相呼，林麕走自索，顧憶徇書劍，未嘗安枕席，豈暇墨突黔，空持遼豕白，迷復期非遠，歸歟賞農隙。

【校】

1. 霸圖：英華本作啚。案：啚爲圖之俗字。
2. 歷：四庫本作歴
3. 弊行役：英華本作獘行役。
4. 岐路：祠堂本、四庫本作歧路。
5. 未嘗：英華本作未常。案：「未嘗」與「豈暇」詞性相對。當以「未嘗」爲是。

【註釋】

〔1〕南陽：南陽府，在今之河南，即秦漢之南陽郡地，唐改宛州。

〔2〕宛：宛，即南陽，春秋楚邑，戰國屬秦置宛縣，漢爲南陽郡治，隋改曰南陽。

〔3〕復聞東漢王，遺此南都迹：東漢指後漢。《文獻通考・帝系考・帝號歷年》：「東漢世祖光武皇帝，名秀，南陽人，高祖九世孫，帝以王莽篡位之十四壬午起兵，乙酉即皇帝位，遷都洛陽。」南都迹指南陽郡治宛在京之南，光武舊里。張衡〈南都賦〉注：「善曰：摯虞曰：南陽郡治宛在京之南，故曰南都。」

〔4〕鄧公樹：晉鄧攸，襄陵人，字伯道，有孝行，爲河東太守，石勒兵起，與妻携己子及弟之子綏逃，途數遇賊，計不兩全，以弟早死，無子，乃縛己子於樹，棄之以全其姪，後竟無嗣。

〔5〕陰后石：陰后，後漢光武帝之后陰麗華。《後漢書》：「光烈陰皇后諱麗華，南陽新野人，初光武適新野聞后美，心悅之……更始元年六月遂納后於宛當成里。」

〔6〕闉闍：《說文》：「闉闍，城曲重門。」《詩・鄭風・出其東門》：「出其闉闍，有如女荼。」傳：「闉，曲城也；闍，城台也。」

〔7〕眇默遵岐路：顏延之〈還至梁城作詩〉：「眇默軌路長，憔悴征戍勤。」注：「銑曰：眇默，遠貌。遵，循也。岐路：分岐之路。」《呂覽・疑似》：「墨

子見岐道而哭之。」

〔8〕行役：謂跋涉在役也。《詩・衛風・陟岵》：「父曰：嗟予子行役，夙夜無已。」後世謂行旅之事爲行役。

〔9〕書劍：謂書籍與寶劍也，二者皆古時文人隨身之物。陳子昂〈送別出塞詩〉：「平生聞高義，書劍百夫雄。」

〔10〕墨突黔：《漢書・敘傳上》：「墨突不黔。」注：「突，竈突也。」班固〈答賓戲〉：「聖哲之法，悽悽遑遑，孔席不暖，墨突不黔。」

〔11〕遼豕白：《後漢書・朱浮傳》：「往時，遼東有豕，生子白頭，異而獻之，行至河東，見郡豕皆白，懷慙還，若以子之功論於朝廷，則爲遼東豕也。」蓋以喻少見多怪，不足稱異。駱賓王〈上吏部侍郎帝京篇啓〉：「楚翬丹質，在荊南以懷慙，遼豕白頭，望河東而載恧。」

一三六、西江夜行

遙夜人何在，澄潭月裏行，悠悠天宇曠，切切故鄉情，外物寂無擾，中流澹自清，念歸林葉換，愁坐露華生，猶有汀州鶴，霄分乍一鳴。

【校】

1. 林葉換：英華本作春服換。
2. 猶有汀州鶴：英華本作獨有汀洲鶴。祠堂本作猶有汀州鶴。案：前句「尚有露華生」故以作「猶」爲是。州與洲同。
3. 宵分：南雄本、白口本、成化本、嘉靖本、湛刊本同此本作霄分當改。

【註釋】

〔1〕西江：即古鬱水。上源爲桂、黔、鬱三江，合於廣西省蒼梧縣，東流爲西江，亦稱上江，至廣東省三水縣與北江支流會，分二派，東派由磨刀門入海，西派由厓門灣入海。

〔2〕中流：河之中央，中游。《史記・周本紀》：「武王渡河，中流白魚躍入王舟中，武王俯取以祭。」

〔3〕宵分：謂夜半也。《魏書・崔楷傳》：「日昃忘餐，宵分廢寢。」《宋書・武帝紀》：「每永懷民瘼，宵分忘寢。」江淹〈爲蕭太尉上便宜表〉：「宵分實忘飢寢。」

一三七、使還湘水

歸舟宛何處，正值楚江平。夕逗煙村宿，朝緣浦樹行。于役已彌歲，言旋今惬情。鄉郊尚千里，流目夏雲生。

【註釋】

〔1〕于役：謂行役。《詩・王風・君子于役》：「君子于役。」箋：「君子于往行役。」

〔2〕流目：目移視也。《後漢書・馮衍傳》：「游精於宇宙，流目八紘。」《論衡・實知》：「流目之察之也。」

一三八、初發道中寄遠

日夜鄉山遠，秋風復此時。舊聞胡馬思，今聽楚猿悲。念別朝昏苦，懷歸歲月遲。壯圖空不息，常恐髮如絲。

【校】

1. 詩題：英華本作初發道中寄還。案：詩首句「日夜鄉山遠」切題，於義爲是。
2. 朝昏苦：英華本作相思苦。案：於義以朝昏苦爲是。
3. 壯圖：英華本作壯啚。

【註釋】

〔1〕胡馬思：思舊國也。《古詩》：「胡馬依北風，越鳥巢南枝。」

一三九、湘中作

湘流繞南嶽，絕目轉青青。懷祿未能已，瞻途屢所經。煙嶼宜春望，林猿莫夜聽。永路日多緒，孤舟天復冥。浮沒從此去，嗟嗟勞我形。

【校】

1. 詩題：英華本作湘水中作。
2. 南嶽：嘉靖本作南岳。
3. 懷祿：英華本作懷綠。案：綠爲形誤，於義當作懷祿。
4. 永路：祠堂本、四庫本、嘉靖本、英華本、成化本、湛刊本、李補本、全唐詩同此本。案：永路，長途也。於義爲是。一本作永日，非。

【註釋】

〔1〕南獄：五嶽之一，即衡山。霍山一名衡山。《爾雅・釋山》：「霍山為南嶽。」郭注：「即天柱山，潛水所出。」

〔2〕絕目：謂目力所極也。鮑照〈上潯陽還都道中詩〉：「絕目盡平原，時見遠烟浮。」

〔3〕懷祿：《漢書・王貢兩龔鮑傳贊》：「將相名臣，懷祿耽寵，以先其世者多矣。」楊惲報孫會宗書：「懷祿貪勢不能自退。」

〔4〕嗟嗟：重歎聲。《詩・商頌・烈祖》：「嗟嗟烈祖。」箋：「重言嗟嗟，美歎之深。」

一四〇、自湘水南行

落日催行舫，逶迤洲渚間。誰云有物役，乘此更休閒。暝色生前浦，清暉發近山。中流澹容與，唯愛鳥飛還。

【校】

1. 逶迤：英華本作逶遲。
2. 休閒：全唐詩、全唐詩稿本、四庫本同此本。

【註釋】

〔1〕物役：言為物所役使也。《荀子・正名》：「夫是之謂以己為物役矣。」《文選》任昉〈齊竟陵文宣王行狀〉：「貴而好禮，怡寄典墳，雖牽以物役，孜孜靡怠。」

〔2〕暝色：暮色也。謝靈運〈石壁精舍還湖中詩〉：「林壑斂色，雲暇收多霏。」

〔3〕澹容與：閑舒也。《漢書・禮樂志》：「澹容與，獻嘉觴，放任也。」

【箋】

《彙編唐詩》：「譚云：有序有情，不獨描寫逼真。」

一四一、南還湘水言懷

拙宦今何在，勞歌念不成。十年乖夙志，一別悔前行。歸去田園老，儻來軒冕輕。江間稻正熟，林裏桂初榮。魚意思在藻，鹿心懷食苹。時哉苟不達，取樂遂吾情。

【校】

1. 拙宦今何在：一本作有。
2. 儻：全唐詩、嘉靖本作倘。
3. 食苹：嘉靖本作食萍。案：《詩・小雅》：「呦呦鹿鳴，食野之苹。」當作食苹爲是。

【註釋】

〔1〕拙宦：謂不善仕宦，難過榮利也。又指低下之官職。宋之問〈酬李丹徒見贈作詩〉：「以予慚拙宦，期子遇良媒。」

〔2〕勞歌：《韵府》引《韓詩外傳》：「飢者歌食，勞者歌事。」庾信〈哀江南賦〉序：「窮者欲達其言，勞者須歌其事。」

〔3〕歸去田園老：陶潛〈歸去來辭〉：「歸去來兮，田園將蕪。」

〔4〕軒冕：古制大夫以上官乘軒服冕，因借用以喻官位爵祿，或爲貴顯者之代稱。《莊子・繕性》：「古之所謂得志者，非軒冕之謂也。」

〔5〕魚意思在藻，鹿心懷食苹：《詩・小雅・魚藻》：「魚思在藻，有頒其首。」注：「魚何處所平，處於藻，既得其性。」《詩・小雅・鹿鳴》：「呦呦鹿鳴，食野之苹。」

一四二、初入湘中有喜

征鞍窮郢路，歸棹入湘流。望鳥唯貪疾，聞猿亦罷愁。兩邊楓作岸，數處橘為洲。却計從來憶，飜疑夢裏遊。

【校】

1. 詩題：英華本作初入湘江有喜。
2. 却計從來憶：四庫本、英華本、白口本作却計從來意。全唐詩、全唐詩稿本作却從來意。
3. 飜：祠堂本、全唐詩、英華本、全唐詩稿本作翻。

【註釋】

〔1〕征鞍：旅途馬上之行也。杜審言〈經行風嵐州詩云〉：「艱險促征鞍。」

【箋】

《彙編唐詩》：「唐云：征鞍窮郢路，歸入湘流。望鳥唯貪疾，此比楊鞭只共鳥爭更厚。鍾云：罷愁罷字翻聞猿案，妙不在罷字，而在亦字活故也。」

一四三、商洛山行懷古

園綺值秦末，嘉遁此山阿，陳迹向千古，荒途始一過，碩人久淪謝，喬木自森羅，故事昔嘗覽，遺風今豈訛，泌泉空活活，樵叟獨皤皤，是處清暉滿，從中幽興多，長懷赤松意，復憶紫芝歌，避世辭軒冕，逢時解薜蘿，盛明今在運，吾道竟如何。

【校】

1. 喬木：嘉靖本作喬古。案：碩人對喬木，當以喬木爲是。
2. 昔嘗覽：英華本作昔常覽。當作嘗爲是。
3. 清暉滿：英華本作清輝蒲。案：清暉滿與幽興多詞性相對。蒲爲誤字。
4. 逢：南雄本、李補本作逄。
5. 紫芝：李補本作紫之。案：《古今樂錄》：「四皓隱居南山，高祖聘之不出，作紫芝歌。」按作紫芝是。
6. 值秦末：英華本作直秦末。案：值者，遇到。值秦末，遇秦朝末年之時。各本作秦宋皆非，當改。

【註釋】

〔1〕商洛山行：行於商洛縣之山中也。商洛指商縣與上洛縣。按詩中所懷四皓，應是四皓隱居之商山。《地名大辭典》云：「商山在陜西縣商縣，商縣爲春秋楚商邑，後入秦，漢置商縣，隋改爲商洛，金廢縣爲鎮，在今陜西商縣東八十五里。」《辭海》云：「商山在陜西省商縣東南，亦曰商領，商谷，商阪，又名地肺山，楚山，秦末四皓避亂於此，號商山四皓，山有七盤十二綽，林壑深邃，形勢優勝。」

〔2〕園綺：秦末東園公，用里先生，綺里季，夏黃公，避亂隱商山，四人年皆八十有餘，鬚眉皓白，時稱商山四皓，漢高祖立，欲置之而不能，後高祖欲廢太子盈，立趙王如意，呂后用張良計，厚禮迎四人至，四人從太子見高祖，高祖謂太子得此四人，羽翼成矣，幸得不廢。

〔3〕碩人：謂隱士也。《詩・衛風・考盤》：「考盤在澗，碩人之寬。」箋：「有窮處成樂在於此澗者，形貌大人，而寬然有虛乏之色。又謂大德也。」《詩・邶風・簡兮》：「碩人俁俁。」傳：「碩人，大德也。」

〔4〕泌泉空活活：泌泉流貌。《詩・陳風・衡門》：「泌之洋洋。」傳：「泌，泉水也。」疏：「泌者，泉水涓流不已。」按：《邶風・泉水》：「毖彼泉水。」

傳：「泉水始出毖然流也，毖與泌通。」則泌是泉流貌也。活活，水流聲也。《詩・衛風・碩人》：「河水洋洋，北流活活。」

〔5〕皤皤：髮白貌。《漢書・敘傳》：「營乎皤皤。」《後漢書・樊準傳》：「朝多皤皤之良。」

〔6〕赤松意：見前註。

〔7〕紫芝歌：《古今樂錄》：「四皓隱居南山，高祖聘之不出，作紫芝之歌。」

〔8〕解薜蘿：服官，解去山居之服也。薜蘿謂薜荔，女蘿也。《楚辭・九歌》：「山鬼若有人兮山之阿，被薜荔兮帶女蘿。」注：「山鬼奄息無形，故衣之以爲飾。因以稱隱者之服。」《南史・宗測傳》：「度形而衣薜蘿。」

一四四、耒陽溪夜行

乘夕棹歸舟，緣源路轉幽，月明看嶺樹，風靜聽溪流，嵐氣船間入，霜華衣上浮，猿聲雖此夜，不是別家愁。

【校】

1. 詩題：英華本、全唐詩、全唐詩稿本作耒陽夜行。
2. 溪流：英華本、全唐詩稿本作谿。
3. 船間入：李補本作舡。

【註釋】

〔1〕耒陽：縣名，屬湖南省，在衡陽縣東南，漢置，地在耒水之陽，故名，考耒水源出汝城縣南耒山，其下經永興、耒陽兩縣，至衡陽東入湘水，入海處名曰來口。

〔2〕嵐氣：山氣蒸潤也。《淮南子・墜形訓》：「瘴氣多喑，嵐氣多聾。」謝靈運〈晚出西射堂詩〉：「夕曛嵐氣陰。」

一四五、江　上

長林何繚繞，遠水復悠悠，盡日餘無見，為心那不愁，憶將親愛別，行為主恩酬，感激空如此，芳時屢已遒。

【註釋】

〔1〕長林：樹林長列也。范曄〈樂遊應詔詩〉：「探已謝丹轂，感事懷長林。」陸機詩：「分塗長林側。」嵇康〈贈秀才入軍詩〉：「輕車迅邁息彼長林。」

〔2〕繚繞：委曲也，環繞也。《荀子・議兵》：「矜糾收繚之屬。」注：「繚謂繚繞，言委曲也。」按委曲即屈曲之意。潘岳〈射雉賦〉：「繚繞盤辟。」張衡〈南都賦〉：「脩袖繚繞而滿庭。」

【箋】

《彙編唐詩》：「譚云：骨髓清言。」

一四六、自彭蠡湖初入江

江岫殊空闊，雲煙處處浮，上來群噪鳥，中去獨行舟，牢落誰相顧，逶迤日自愁，更將心問影，于役復何求。

【校】

1. 詩題：嘉靖本同此本。一本作自彭蠡湖初入江。案：彭蠡澤即鄱陽湖。當作自彭蠡湖初入江為是。
2. 雲煙：英華本作雲烟。

【註釋】

〔1〕彭蠡湖：湖澤名。《漢書・地理志》：「彭蠡澤在豫章彭澤縣西南。」蔡沈《書傳》：「彭蠡，鄱陽湖是也。」

〔2〕牢落：遼落也。《文選》司馬相如〈上林賦〉：「牢落陸離。」善注：「牢落，猶遼落也。陸離參差也」又引郭璞注曰：「牢落，陸離群奔走也。」按：謂群獸奔走失群，遼落參差也。又陸機〈文賦〉：「心牢落而無偶。」善注：「亦訓為遼落。」向注：「心失次貌。」按向注亦是遼落義，言心曠無所寄泊也。

【箋】

《彙編唐詩》：「鍾云：寫得孤迴。」

一四七、赴使瀧峽

谿路日幽深，寒空入兩嶔，霜清百丈水，風落萬重林，夕鳥聯歸翼，秋猿斷去心，別離多遠思，況乃歲方陰。

【校】

1. 谿路：全唐詩作溪路。
2. 兩嶔：李補本作欽。案：嶔，山險貌。此處作嶔為是。

3. 霜清：南雄本作潭清。

4. 歲方陰：嘉靖本作歲芳陰。案：陰者，闇也。歲方陰，指時歲剛進尾稍。

【註釋】

〔1〕瀧峽：《水經・溱水注》：「武水，源出湖南省臨武縣西，南入重山，山名藍豪，廣圓五百里，悉曲江縣界，崖峻險阻，巖嶺干天，謂之瀧中，懸湍迴注，崩浪震山，名之瀧水。」瀧峽疑在瀧水。

〔2〕嶔：山高險也。《公羊傳》：「殽之嶔巖。」

【箋】

《彙編唐詩》：「唐云：敘峽景清壯。唐云：夕鳥聯歸翼，秋猿斷去心，聯、斷字有情。」

一四八、湖口望廬山瀑布水

萬丈洪泉落，迢迢半紫芬，犇飛下雜樹，灑落出重雲，日照虹蜺似，天清風雨聞，靈山多秀色，空水共氤氳。

【校】

1. 紫芬：四庫本、全唐詩、全唐詩稿本作紫氛。

2. 虹蜺似：祠堂本作虹蜺見。

3. 洒落：嘉靖本、全唐詩稿本作灑落。

【註釋】

〔1〕湖口：縣名，唐分彭澤置湖口戍，南唐升爲湖口縣，在鄱陽湖之口，故名。

〔2〕廬山：山名，在江西縣九江縣南，古有匡俗者，結廬此山，故名廬山，亦名匡山，又稱廬阜，總名匡廬，朱子以爲即禹貢之敷淺原，此山三面臨水，西臨陸地，萬壑千巖，煙雲瀰漫，所謂不見廬山眞面目也。中有白鹿洞、墨池、玉淵諸名勝，西北有牯嶺，爲避暑勝地。

〔3〕迢迢：遠貌。《古詩》：「迢迢牽牛星，皎皎河漢女。」謝靈運詩：「迢迢萬里帆。」

〔4〕紫氛：紫色之雲氣也。《文選》劉楨〈贈從弟詩〉：「於心有不厭，奮翅凌紫氛。」

〔5〕虹蜺：雨後或日出沒之際，天空所現之彩色弧也。與虹霓同。《漢書・息夫躬傳》：「虹蜺曜兮日微。」《淮南子・原道訓》：「虹蜺不出，賊星不行。」

〔6〕氤氳：氣盛貌。與烟緼通。《易・繫辭下》：「天地絪縕，萬物化醇。」《釋文》：「本又作氤氳。」《文選》江淹〈別賦〉：「襲青氣之烟熅。」

一四九、彭蠡湖上

沿涉經大湖，湖流多行洗，決晨趨北渚，逗浦已西日，所適雖淹曠，中流且閑逸，瑰詭良復多，感見乃非一，廬山直陽滸，孤石當陰術，一水雲際飛，數峰湖心出，象類何交糺，形言豈深悉，且知皆自然，高下無相恤。

【校】

1. 詩題：祠堂本、南雄本、李補本作彭蠡湖上泆。
2. 沿涉：全唐詩：全唐詩稿本、四庫本作沿涉。案：沿爲沿之俗字。
3. 湖流多行洗：祠堂本、四庫本、李補本、南雄本、白口本、全唐詩、全唐詩稿本作湖流多行泆。案：泆，水所盪泆也。喻湖水之湍急。當作「泆」爲是。
4. 形言：李補本作刑言。案：刑爲誤字。
5. 且知：一本或作且之。案：於義且知爲是。

【註釋】

〔1〕彭蠡：見前一四六首註1。

〔2〕泆：水所蕩泆也。《說文》段注：「蕩泆者，動盪奔突而出。」

〔3〕瑰詭：猶瑰譎也。王延壽〈魯靈光殿賦〉：「羌瓌譎而鴻紛。」注：「瑰，異也。譎詭也。」

〔4〕廬山：山名，在江西省九江縣南，古有匡俗者，結廬此山，故名廬山，亦名匡山，又稱廬阜，總名匡廬，朱子以爲即禹貢之敷淺原，此山三面臨水，西臨陸地，萬壑千巖，煙雲瀰漫，所謂不見廬山眞面目也。中有白鹿洞、墨池、玉淵諸名勝，西北有牯嶺，爲避暑勝地。《史記・河渠書》：「余南登廬山，觀禹疏九江。」

【箋】

(1)《張九齡年譜附論五種》：「本集卷四有〈出爲豫章郡途次廬山東巖下〉，〈湖口望廬山瀑布水〉，〈入廬山仰望瀑布水〉，〈彭蠡湖上諸詩〉，蓋初來洪州，過江州時所作。」

(2)《彙編唐詩》：「譚云：漢魏深厚處，其力乃能到此。唐云：此六朝格耳，譚目中無人，胸中未嘗有眞見。鍾云：且知皆自然，高下無相恤，此二語深廣有至理，極奇莫如造化，妙在皆出自然，使人相習不然，即日月風霆，聞且見者皆驚怪反走矣。」

一五〇、經江寧覽舊跡至玄武

南國更數世，北湖方十洲。天清華林苑，日晏景陽樓。果下迴仙騎，津傍駐綵旒。鳧鷺喧鳳管，荷芰鬪龍舟。七子陪詩賦，千人和棹謳。應言在鎬樂，不讓橫汾秋。風俗因紓慢，江山成易由。駒王信不武，孫叔是無謀。佳氣日將歇，霸功誰與修。桑田東海變，麋鹿姑蘇遊。否運爭三國，康時劣九州。山雖幕府在，館豈豫章留。水淀還相閱，菱歌亦故遒。雄圖不足問，唯想事風流。

【校】

1. 詩題：四庫本、英華本、全唐詩稿本同此本。
2. 北湖：祠堂本、四庫本、嘉靖本、白口本、全唐詩、全唐詩稿本同此本。
3. 迴仙騎：全唐詩作回仙騎。
4. 果下：英華本作幕下。
5. 綵旒：全唐詩、全唐詩稿本、英華本作綵斿。案：旒、斿通。
6. 陪詩賦：祠堂本、李補本、南雄本作結詩賦。案：魏晉有建安七子，七子皆以曹子氏父子爲瞻，故此云陪詩賦。
7. 橫汾秋：湛刊本、成化本作橫分秋。案：汾指汾水，指周厲王流於彘，在汾水之𤀹人稱汾王，此與鎬樂相對照。當以橫汾秋爲是。
8. 修：祠堂本、白口本、李補本作脩。
9. 紓慢：祠堂本作紆慢。案：紓者，慢也。
10. 日將歇：祠堂本作日將厭。案：歇，息，止也。指佳氣隨日流逝而將息。
11. 唯想：英華本作難想。案：上句言「雄圖不足問。」故以「唯想事風流」爲是。

【註釋】

〔1〕江寧：縣名，屬江蘇，晉置臨江縣，更名江寧，南朝宋齊因之，故城在今治西南，清移城，即今治，唐並江寧郡，尋廢存縣。

〔2〕玄武湖：在江蘇江寧縣北，亦名後湖、練湖，自東晉以來爲勝地，舊時湖

面甚大，南朝恆講武於此。

〔3〕景陽樓：《南齊書・豫章文獻王傳》　：「燦登景陽樓，見樓悲感，乃敕毀之。又玄武湖畔有井名景陽井，亦曰臙脂井，隋滅陳，後主與張、孔二妃匿井中，被獲，因又名辱井。」

〔4〕七子陪詩賦，千人和棹謳：東漢建安中，孔融、陳琳、王粲、徐幹、阮瑀，應瑒，劉楨等七人，同時以文學齊名，號建安七子。此借喻之詞，棹謳，樂府瑟調曲名。《古今樂錄》：「王僧虔技錄云：櫂歌行歌明帝王者布大化一篇，或云左延年作，今不歌。樂府解題：晉樂奏，魏明帝辭，備言平吳之勳。晉陸機：遲遲春欲暮。梁簡文帝：妾住在湘川，但言乘舟鼓櫂而已。」

〔5〕鎬樂：《詩・大雅・文王有聲》：「鎬京辟廱，指武王遷都于鎬京。」稱盛武以喻西晉之強盛。

〔6〕駒王信不武：駒王謂東晉恭帝。《說文》：「馬二歲爲駒。恭帝繼位二年，劉裕諷帝禪位，帝欣然謂左右曰：晉氏久已失之，今復何恨，乃書詔遜位，俄而被弒。」

〔7〕孫叔是無謀：孫叔謂孫皓也。《白虎通・姓名》：「叔少也。」《三國誌・吳志》：「孫皓字元宗，一名彭祖，字皓宗，皓既得志，殘暴驕盈，好酒色，逞凶頑，忠諫者誅讒，諛者進，虐民極大者降，于晉封歸命侯，五年而死於洛陽。」

〔8〕桑田東海變：《神仙傳》：「麻姑謂王方平曰：接待以來，見東海三爲桑田，向到蓬萊水淺，淺於往者，會時略半也，豈將復還爲陵陸乎。」以喻玄武之地變亂之多。

〔9〕麋鹿姑蘇遊：《越絕書》：「子胥諫夫差不聽曰：吾見鹿豕遊姑胥之臺也。」以喻地經變亂也。

〔10〕否運：《易・否・彖傳》：「坤下乾上，天地不交，萬物不通也。」

〔11〕康時劣九州：康猶泰也。《易・彖傳》：「乾下坤上，天地交而萬物通也。亦猶康年也。」《詩・周頌・臣工》：「明昭上帝，迄用康年。」毛傳：「康樂也。」古分天下爲九州，禹貢九州謂冀、兗、青、徐、揚、荊、豫、梁、雍也。《爾雅》：「九州謂冀、幽、兗、營、徐、揚、荊、豫、雍也。」《周禮》：「九州謂冀、幽、并、兗、青、揚、荊、豫、雍也。」

〔12〕幕府：幕府，軍旅出征施用帳幕，故將軍府亦稱幕府。《後漢書・班固傳》：「竊見幕府新開，廣延群俊。」

〔13〕館豈豫章留：南齊蕭嶷封豫章王，南齊都建康，王嘗修北部舊邸，薨後世祖嘗證景陽樓，望見諸王邸樓，悲感，乃敕毀之。

〔14〕水淀：淺水之泊也。《文選》左思〈魏都賦〉：「掘鯉之淀。」注：「淀者如淵而淺也。」

【箋】

《張九齡年譜附論五種》：「按九齡一生唯任洪州刺史時在江南，赴任時又嘗過當塗，當塗屬宣州，《元和郡圖縣志・卷二八》云：「宣州，西北取和滁路至三千一十里，取潤州路三千七十里，西南至東都，取和滁路二千一百五十里。」是自京師或東都至江南，可取和滁路，亦可取潤州路，又考《通典・卷十》云：「開元十八年玄宗問朝集使利害之事，宣州刺史裴耀卿上便宜曰：江南戶口稍廣……竊見每州所送租及庸調等，木州正月，二月上道，至揚州入斗門，即逢水淺，已有阻碍，須停留一月以上，三月四月後始渡淮入汴，多屬汴河乾淺，又船運停留，至六月七月始至河口，即逢黃河水漲，不得入河，又須停一兩月，待河水小始得上河入洛。」是知當時江南漕運，乃經揚州渡淮入汴上河入洛以抵東都，九齡三月授洪州刺史，時車駕方在東都，其赴任，蓋自東都循漕路南行，由揚州入江，經江寧，過當塗、上溯江州，入鄱陽湖而至洪州，以水路較便利也，因知此詩作於此時。」

一五一、入廬山仰望瀑布水

絕頂有懸泉，喧喧出煙杪。不知幾時歲，但見無昏曉。閃閃青崖落，鮮鮮白日皎。灑流濕行雲，濺末驚飛鳥。雷吼何噴薄，箭馳入窈窕。昔聞山下蒙，今乃林巒表。物情有詭激，坤元曷絲矯。默然置此去，變死誰能了。

【校】

1. 詩題：英華本作入廬山仰望瀑布。
2. 煙杪：英華本作烟杪。
3. 昏曉：全唐詩稿本作昬曉。案：昬與昏同。
4. 灑流：嘉靖本、全唐詩、全唐詩稿本、白口本、英華本同此本。案：洒、灑同。
5. 濺末：嘉靖本、成化本、湛刊本作濺末。全唐詩、四庫本、全唐詩稿本、英華本作濺沫。按濺沫與灑流，詞性相對，當作濺沫。

6. 林巒表：嘉靖本作巒林表。案：林巒，《文選》孔稚珪〈北山移文〉：「望林巒而有失，顧草木而如喪。」
7. 絲矯：嘉靖本、成化本、湛刊本、南雄本同此本，皆誤。案：紛矯者紛亂而矯激也。喻造物未能合序。當作紛矯。
8. 物情：英華作物性。案：物情者造物之情，物性則指個體之習性。當以物爲是。

【註釋】

〔1〕箭馳入窈窕：箭馳，箭射出之速也。張衡〈南都賦〉：「箭馳風疾。」窈窕，深遠貌。郭璞〈江賦〉：「幽岫窈窕。」謝靈運〈山居賦〉：「濇潭澗而窈窕。」

〔2〕詭激：詭變矯激也。《六韜・龍韜選詩》：「有詭激而有功效者。」《後漢書・鄭云傳論》：「異端紛紜，互相詭激。」

〔3〕坤元何紛矯：《易・坤文言》：「至哉坤元，萬物資生。」疏：「元是坤德之首。」按元，始也，謂起能始生萬物也。此謂造物何其矯激而紛多也。

【箋】

《彙編唐詩》：「譚云：清景相逼，心目恍惚，不知其故，自然有參合玄冥之妙。」

一五二、出爲豫章郡途次廬山東巖下

茲山鎮何所，乃在澄湖陰。下有蛟螭伏，上與虹蜺尋。靈仙未始曠，窟宅何其深，雙闕出雲峙，三官入煙沉。攀崖猶惜鏡，種杏非舊林。想像終古跡，惆悵獨往心。紛吾嬰世網，數載忝朝簪。孤根自靡託，量力況不任。多謝周身防，常恐橫議侵。豈匪鵷鴻列，惕如泉壑臨。迨茲刺江郡，來此滌塵襟。有趣逢樵客，忘懷狎野禽。棲閒義未果，用拙歡在今。願言答休命，歸事丘中琴。

【校】

1. 詩題：英華本作出守豫章郡途次廬山入東巖下作。
2. 三官：祠堂本、四庫本、白口本、全唐詩、稿本作三宮。案：宮者指宮殿與前句雙闕相對，於義爲是。
3. 煙沉：英華本作烟沈。
4. 惜鏡：祠堂本、英華本、四庫本、全唐詩、全唐詩稿本作昔鏡。案：昔鏡，舊林對仗，有人事已非的感慨。此本誤，當改。

5. 刺江郡：祠堂本作刺前都。
6. 迨茲：英華本作迨臨。
7. 狎野禽：祠堂本作俾野禽。案：狎者親暱，於義爲是。
8. 閑：祠堂本、四庫本、嘉靖本、全唐詩作閒。
9. 丘中琴：祠堂本、四庫本作邱中琴。丘、邱見前詩。
10. 何其深：英華本同此本。案：此處指深之程度，故下句云雙闕出雲峙。
11. 惆悵：英華本同此本。案：怊悵，失意貌。惆悵，悲哀也。
12. 豈匪鵷鴻列：英華本作豈能鴛鷺別。案：鵷鴻列，謂鵷雛與鴻鳥飛有次序。以喻朝官與鵷鷺同。庾肩吾〈九日侍宴樂游苑應令詩〉：「彫材勞杞梓，花授接鵷鴻。」
13. 答：白口本、南雄本作荅。

【註釋】

〔1〕窟宅：猶窟室也。《左傳・襄公三十年》：「鄭伯有爲窟室而夜飲酒擊鐘焉。」注：「窟室，地室。」

〔2〕周身防：杜預《春秋左氏傳序》：「聖人庖周身之防。」會箋：「苞周身之防者，謂聖人防慮必周於身，自知無患，方始作之。」

〔3〕橫議：議之不順者。《孟子・滕文公》：「諸侯放恣，處士橫議。」

〔4〕鵷鴻：謂鵷雛與鴻鳥飛有次序，以喻朝官與鵷鷺同。庾肩吾〈九日侍宴樂游苑應令詩〉：「彫材勞杞梓，花綬接鵷鴻。」

〔5〕惕如泉壑臨：謂如臨深淵也。《詩・小雅・小旻》：「如臨深淵，如履薄冰，謂生警惕之心也。」

〔6〕願言答休命：願言，每言也。《詩・邶風・二子乘舟》：「願言思子。」傳：「每也。休：美也。」休命：大命，天子之命。，《易・大有》：「君子以遏惡揚善，順天休命。」《書・武成》：「俟天休命。」《左傳・僖公二十八年》：「重耳敢再拜稽首，奉揚天子之丕顯休命。」

〔7〕丘中琴：隱居以樂琴書也。丘中：山丘之中。《詩・王風・丘中有痲》：「丘中有痲，彼留子嗟。」序曰：「賢人放逐，國人思之而作是詩，後人或謂爲周衰賢人放廢，因互相招集退隱自樂之詩。」束皙〈補亡詩〉：「黍華陵嶺，麥秀丘中。」